Rivalités et séduction

J. MARGOT CRITCH

Rivalités et séduction

Traduction française de
ÉVELYNE JOUVE

MAGNETIC

HARLEQUIN

Titre original :
SINS OF THE FLESH

HARPERCOLLINS FRANCE
83-85, boulevard Vincent-Auriol, 75646 PARIS CEDEX 13
Service Lectrices — Tél. : 01 45 82 47 47

www.harlequin.fr

ISBN 978-2-2804-1701-3

1

— Quand on voit Rafael Martinez, on se dit qu'il a tous les atouts pour être maire. C'est un homme, il est riche, influent, il connaît les bonnes personnes et il sait comment décrocher des contrats…

De l'autre côté de l'écran de télévision, Jessica Morgan semblait s'adresser directement à Rafael.

— Mais les habitants de Las Vegas n'ont pas besoin d'un homme d'affaires, disait-elle. Ce qu'il leur faut, c'est un maire qui les écoute. Quelqu'un qui saura se pencher sur leurs problèmes de logement et leur garantir une protection sociale. Quelqu'un comme moi. Je veux devenir maire pour aider les femmes et les enfants de cette ville, les protéger et faire en sorte qu'on respecte leurs droits. Je veux un conseil municipal au service de la communauté et non une élite qui favorise les plus riches au détriment des plus pauvres. C'est ainsi que…

Rafael ravala un juron et coupa le son avec la télécommande. Parfait. Maintenant il continuait à voir le ravissant visage de son adversaire mais il n'entendait plus ses commentaires au vitriol.

— Elle vient de dresser un portrait parfait de toi, commenta Alex Fischer avec humour. Tu es un homme, tu es riche, influent et tu sais effectivement comment décrocher un contrat.

Rafael le fusilla du regard mais garda le silence.

Son meilleur ami leva les mains en signe de reddition et s'adossa aux coussins du canapé.

— Bon, qui est-elle au juste, et pourquoi cette animosité à ton égard ?

— Jessica est conseillère municipale depuis deux ans. Depuis la dernière élection, en fait. Elle s'est tout de suite impliquée dans la vie locale, mais elle est toujours restée très discrète et personne ne s'attendait à ce qu'elle pose sa candidature.

Au début, Rafael avait même cru à une blague. Il se considérait comme le successeur naturel du maire sortant et, comme tout le monde, il avait été surpris quand elle s'était lancée dans la bataille.

— Elle aurait décidé de briguer la mairie du jour au lendemain ? ajouta Alex d'un ton sceptique. Difficile à croire. Une campagne, ça ne s'improvise pas. Il y a toute une logistique à mettre en place.

Rafael secoua la tête.

— Détrompe-toi. Il suffit de faire acte de candidature, de trouver l'argent et de se lancer dans la course. Si j'en crois le nombre de journalistes qui couvrent ses déplacements, elle se débrouille plutôt bien. Et elle ne manque pas de culot : elle a lancé une collecte pour financer sa campagne et, à ce qu'il paraît, les dons affluent.

— Quel est son problème avec toi ? Elle a l'air très remontée.

— C'est le moins qu'on puisse dire, marmonna Rafael.

Peu lui importait qu'on l'apprécie ou non. Il était sûr de lui et de ses choix et il se sentait suffisamment à l'aise en toutes circonstances pour que les jugements, bons ou mauvais, lui glissent dessus. C'était une nécessité en politique. Il fallait avoir le cuir épais pour survivre. Mais pour une raison qu'il ne s'expliquait pas, le mépris de Jessica Morgan à son égard le blessait. Ils avaient eu des échanges plutôt cordiaux jusqu'ici, il leur était même arrivé de travailler ensemble sur certains projets. Mais il jouait son avenir dans cette élection. Et cette femme qui cherchait à le discréditer était l'unique obstacle entre lui et le poste qu'il convoitait. Un poste qu'il méritait.

— Je suppose qu'elle cherche à ternir mon image, dit-il en haussant les épaules. Je suis le seul candidat en lice à part elle. Elle a décidé de sortir les gants de boxe.

Le pire, c'était que sa stratégie portait ses fruits. Sa courbe de popularité fléchissait légèrement depuis l'irruption de Jessica dans la campagne.

— Comment comptes-tu riposter ? Elle peut faire des dégâts dans l'opinion en martelant ce message. La dernière chose dont tu as besoin, c'est qu'on te voie comme un privilégié qui favorise les riches.

Alex n'était pas seulement son meilleur ami, il était aussi son directeur de campagne.

— Tu crois que je ne le sais pas ? soupira Rafael en regardant l'écran où Jessica continuait à parler, réduite au silence par sa télécommande.

Bon sang, il n'était *pas* un privilégié ! Sa réussite, il ne la devait qu'à lui-même. Sa villa luxueuse, son train de vie, ses voitures de sport, il les avait gagnés à la sueur de son front. Depuis sa plus tendre enfance, ses parents, des immigrants mexicains venus aux États-Unis chercher une vie meilleure, n'avaient cessé de lui répéter que, pour réussir, il fallait travailler dur. Cette consigne, il l'avait appliquée à la lettre. Elle avait nourri son ambition professionnelle, et l'avait poussé à briguer la mairie de Las Vegas.

D'ailleurs, il n'avait pas l'intention de s'arrêter là. Avec ses amis et partenaires en affaires, ils avaient formé The Brotherhood, plus qu'une association de talents, une deuxième famille. Une force solidaire, indestructible, unie comme les cinq doigts de la main. Alex et Brett étaient à la tête d'une des plus grosses entreprises immobilières de la ville. Gabe était l'un des avocats les plus réputés de Vegas. Alana, l'unique femme du clan, était décoratrice d'intérieur et dirigeait les clubs et les restaurants du groupe. À eux cinq, ils possédaient certaines des entreprises les plus florissantes de la ville et ils réfléchissaient sans cesse à de nouveaux projets pour étendre encore leur puissance.

Rafael contempla la nuit derrière l'immense baie vitrée de sa villa. Les lumières de la voie express et du centre-ville brillaient comme des fanaux dans l'obscurité. Mais au-delà des néons, des paillettes et du glamour qui faisaient la réputation de Las Vegas, il y avait le peuple de l'ombre. Des petites gens qui, comme ses parents, avaient bâti leur maison sur le sable brûlant et aride du désert, travaillant dur pour essayer de toucher du doigt le rêve américain.

Contrairement à ce que pensait Jessica Morgan, ce n'était pas son ego qui le motivait. Il voulait devenir maire pour aider ces gens-là. Il avait les idées, mais aussi l'argent et les relations nécessaires pour les mettre en œuvre. Il voulait se rendre utile. Et à son sens, une économie locale bien portante et des entreprises prospères étaient l'une des clés pour y parvenir.

Et son ambition ne s'arrêtait pas là. Il voyait plus loin, plus haut pour son pays. Il voulait étendre son projet à l'État du Nevada et aux États-Unis tout entiers ! Il promena son regard autour de lui. Sa maison était magnifique mais sa réussite éclatante ne lui suffisait plus. Enfant, déjà, il rêvait de s'asseoir un jour dans le Bureau ovale, de devenir le commandant en chef, de prendre les décisions qui permettraient d'améliorer le sort de tous les citoyens américains, quels qu'ils soient, de travailler avec les dirigeants des autres nations pour construire un monde meilleur, plus sûr, plus respectueux de la nature. Ce ne serait pas facile, les obstacles seraient nombreux, mais il était prêt. Il s'était préparé toute sa vie à cette bataille et il s'y consacrerait avec toute son énergie. Un seul obstacle se dressait devant lui pour le moment : Jessica Morgan.

Il fixa de nouveau l'écran et contempla la beauté

rayonnante de son adversaire. Elle avait des yeux verts magnifiques, des lèvres pulpeuses, une peau douce et crémeuse qu'il mourait d'envie de caresser, et des boucles châtain clair éclairées par des touches de miel. Il connaissait son discours : elle voulait que tout le monde ait les mêmes chances dans la vie et, s'il approuvait ce message, il attendait juste de voir comment elle comptait le mettre en œuvre. Certes, elle était très forte pour parler mais il demandait à juger sur pièces.

Jessica avait une âme généreuse mais ce n'était pas son seul atout. À quoi bon le nier ? Elle était également très belle. Elle était plutôt classique dans sa façon de s'habiller, mais ses tailleurs et ses chemisiers stricts laissaient deviner des courbes parfaites qui auraient suffi à enflammer l'imagination de n'importe quel homme normalement constitué. Depuis deux ans qu'elle participait aux réunions du conseil municipal, Rafael s'était surpris plus d'une fois à perdre le fil de sa concentration parce qu'il était occupé à se demander à quoi elle ressemblerait sans ses vêtements sévères et quel goût auraient ses lèvres quand il l'embrasserait. Ces passages à vide s'étaient multipliés au cours de ces derniers mois. La fatigue, probablement…

— Elle est très jolie, dit Alex. C'est embêtant, elle va attirer les projecteurs sur elle.

La remarque de son ami brisa le fil de ses pensées et il hocha la tête sans répondre.

Ce n'était pas simplement une question de beauté ou de charisme. Jessica avait montré en plusieurs occasions qu'elle était coriace, intelligente, passionnée et qu'elle avait du répondant. Si les premières semaines de sa campagne présageaient de la suite, il allait y avoir du sport. Il devait absolument oublier que cette fille était incroyablement sexy et se concentrer sur sa mission : gagner.

Il poussa un soupir et s'aperçut qu'Alex l'observait.

— Je vois que le charme de la demoiselle ne t'a pas échappé, constata son camarade. Harris a trouvé des infos sur elle ?

Harris était le détective privé que Rafael avait engagé pour tenter de reprendre la main.

— Je l'attends d'une minute à l'autre. Il paraît qu'il a découvert quelque chose d'énorme. C'est justement la raison pour laquelle je t'ai demandé de passer ce soir. Je voulais que tu sois présent. Tu es mon directeur de campagne, après tout.

Alex et lui se connaissaient depuis l'enfance. Tous les membres de The Brotherhood étaient soudés mais eux deux partageaient une relation spéciale.

Alex se dirigea vers le minibar et se servit un bourbon.

— Tu veux boire quelque chose ?

— Non. Je dois avoir les idées claires demain. Je déjeune avec des vieilles dames très pratiquantes et très pointilleuses. Il vaut mieux que je ne sente pas l'alcool.

Alex s'esclaffa.

— Tu n'imagines pas les quantités de porto que certaines de ces vieilles dames pointilleuses avalent quand elles sont seules chez elles. Tu as une idée de ce que Harris va t'annoncer ?

— Aucune. Il n'a pas voulu en parler au téléphone.

Rafael jeta un coup d'œil à sa montre. Il n'avait pas l'habitude qu'on le fasse attendre. La patience n'était pas sa qualité première.

— Mais je suis curieux. À l'entendre, c'est une vraie bombe à retardement.

Comme à point nommé, la sonnette de la porte d'entrée retentit alors.

— Tiens, quand on parle du loup…

Il se leva pour aller ouvrir. Harris lui serra la main.

— J'espère que les nouvelles sont bonnes, dit Rafael en l'escortant au salon.

Son fidèle détective privé sourit.

— À toi de me le dire, répondit-il en lui tendant une enveloppe en papier kraft.

Rafael l'ouvrit sans attendre. Il resta muet tandis qu'il regardait la série de photos. L'éclairage n'était pas très bon mais les clichés étaient d'excellente qualité. Il leva les yeux vers Harris.

— C'est vraiment elle ?

— Je l'ai vue de mes propres yeux. J'ai pris ces photos le week-end dernier à San Francisco. Crois-moi, c'était elle, en chair et en os.

— Qu'est-ce que c'est ? demanda Alex en s'approchant pour regarder par-dessus son épaule.

Rafael lui tendit les photos en souriant.

— Je crois que je viens de gagner les élections.

***

Jessica Morgan s'adossa à sa chaise et poussa un soupir de soulagement. La caméra était éteinte, elle pouvait enfin se détendre. En dépit de l'heure tardive, l'interview s'était bien passée. Avec un peu chance, elle lui permettrait de grappiller quelques points de popularité face à Rafael Martinez.

Elle était rentrée chez elle épuisée par une longue journée de travail, sachant qu'il lui fallait encore boucler sa valise avant son départ le lendemain matin pour San Francisco. Mais quand Tanya Roberts, la journaliste politique de LVTV, lui avait proposé une tribune en direct dans le programme d'infos de la nuit, elle avait accepté sans hésiter. Elle ne disposait pas des mêmes ressources financières que son adversaire. Elle n'avait pas des millions à dépenser dans des publicités télévisées ou des panneaux lumineux aux quatre coins de la ville. Pour se faire connaître et diffuser son message, elle ne pouvait compter que sur les réseaux sociaux, sa présence sur le terrain et chaque opportunité de s'exprimer dans les médias.

— Merci d'avoir accepté de jouer le jeu, dit Tanya en lui serrant la main.

— Merci à vous de m'avoir accordé un peu de votre temps d'antenne.

Jessica porta sa petite bouteille d'eau à ses lèvres. Sa tension redescendait lentement. Elle était plus à l'aise dans certains exercices que dans d'autres. Parler en public n'avait jamais été son point fort mais depuis son entrée au conseil municipal, elle avait fait des progrès.

— J'ai dit oui tout de suite quand Gordon m'a transmis le message de votre chaîne. J'accepte toute forme de publicité gratuite.

— À ce propos, comment se passe votre financement participatif ?

— Très bien.

Elle avait lancé la collecte de fonds dès l'annonce de sa candidature.

— Beaucoup mieux que je ne l'imaginais, en réalité. Je ne serais pas là aujourd'hui sans tous ces gens, volontaires, anonymes, qui m'ont aidée. C'est un effort collectif, j'en suis bien consciente.

— Et comment se déroule votre campagne ?

— Franchement bien. Bien sûr, c'est un travail harassant et il m'arrive d'être totalement épuisée en fin de journée. Mais je m'y attendais. J'espère que l'avenir prouvera que ça valait la peine.

— Je n'en doute pas. Bonne chance pour la suite.

— Merci beaucoup. J'apprécie votre soutien.

Jessica se leva, vérifiant discrètement l'heure à sa montre. Il était presque 23 heures mais même si elle avait encore une foule de choses à faire avant d'aller se coucher, elle ne regrettait pas d'avoir accepté cette interview.

Elle raccompagna Tanya Roberts et son cameraman jusqu'à la porte, leur dit au revoir puis s'adossa contre le battant avec un long soupir. Elle sentait un influx nerveux courir dans ses veines, comme toujours à la veille d'une représentation. Quand elle aurait fini de préparer ses bagages, il lui resterait deux petites heures pour dormir avant de s'envoler pour San Francisco. Une fois dans l'avion, après avoir brûlé toute l'énergie et la tension emmagasinées en elle depuis sa prestation de la semaine dernière, elle pourrait se relaxer complètement. Elle savait d'expérience que la seule façon efficace d'évacuer son stress c'était de monter sur scène… ou de baiser avec un partenaire vigoureux, ajouta-t-elle en elle-même. L'image de Rafael Martinez s'invita toute seule dans ses pensées.

Elle fronça les sourcils. Non. Ce genre de distractions était à proscrire actuellement. Pas dans le périmètre de Las Vegas et encore moins alors qu'elle menait campagne pour devenir maire.

Et surtout pas avec Rafael Martinez.

Quand elle remporterait les élections, elle devrait dire adieu à la scène. Ses moindres faits et gestes seraient scrutés à la loupe et il lui serait impossible de garder secrète sa double vie. C'était une décision douloureuse mais elle n'avait pas le choix. Elle devrait arrêter.

En dépit de ses ambitions, la perspective de tourner à jamais cette page de sa vie la laissait frustrée et tendue. Impossible de se détendre ce soir en dansant sur scène, et sans partenaire vigoureux à proximité. Elle devrait donc se contenter d'un verre — ou deux, ou trois —, et de son fidèle vibromasseur.

Elle se dirigea vers la cuisine, sortit une bouteille du buffet, se servit un verre et s'installa sur le canapé. Puis elle alluma la télévision et tomba sur la chaîne d'infos qui venait de diffuser son interview en direct. Le visage de Rafael Martinez apparut sur l'écran et lui tira un soupir agacé. Décidément, elle ne parvenait pas à lui échapper !

Rafael avait un physique de rêve : grand, brun, le teint mat, sexy, musclé — mais pas seulement. Il était également intelligent, drôle, cultivé. En somme, il était pour elle le type même de l'homme idéal. Elle avait essayé de ne pas en tenir compte par le passé mais l'ignorer devenait de plus en plus compliqué dans le tourbillon d'une campagne où elle voyait son visage et entendait son nom cent fois par jour. Pour autant, elle ne pouvait pas se permettre de fantasmer sur lui. Il était l'ennemi à abattre. Il incarnait tout ce qu'elle combattait et elle devait impérativement le chasser de sa tête pour se concentrer sur sa tâche.

Presque malgré elle, elle reprit la télécommande et, au lieu d'éteindre la télé, elle monta le son. Pourtant, c'est à peine si elle entendait ce qu'il disait. Le son de sa voix grave embrumait son esprit. Peu importait d'ailleurs, elle connaissait son discours, c'était celui de tous les politiques — croissance, industrie, insécurité, bla-bla-bla. Des thèmes qui lui feraient gagner des points auprès de ses amis patrons. Il jouait bien sa partie, elle devait le reconnaître. Il était passionné, convaincant et très séduisant avec ses muscles qu'on devinait sous sa chemise, ses yeux sombres pleins de feu et ses lèvres sensuelles qui dévoilaient des dents blanches, parfaitement alignées. Une mâchoire volontaire, un nez droit, des pommettes hautes complétaient le tableau et formaient un ensemble complètement irrésistible.

Si seulement il n'avait pas été aussi égocentrique, têtu, arrogant, sexy…

La porte d'entrée claqua, la faisant sursauter. Elle attrapa à toute vitesse la télécommande pour éteindre la télévision mais dans sa précipitation elle la lâcha, mettant involontairement l'image en pause.

— Il faut absolument que je te raconte ma soirée avec mon pompier ! lança Ben en entrant dans la salle de séjour. J'ai…

Son colocataire s'arrêta en la voyant à moitié dressée sur le canapé, les joues écarlates. Il se mit à rire.

— Tu as une tête de coupable. On jurerait que je viens de te surprendre en train de faire des cochonneries avec le jardinier.

— Je te signale que je n'ai pas de jardinier.

Elle lui lança par jeu un coussin qu'il attrapa au vol.

— Parle-moi de ton pompier, enchaîna-t-elle dans l'espoir de faire diversion. Il est mignon ?

— Mignon, craquant, musclé… mais bête comme ses pieds ! Il croyait que le mérou était un pays, répondit-il en portant à ses lèvres le verre de vin qu'elle avait posé sur la table basse.

Il montra du menton l'image arrêtée de Rafael, avec son sourire étincelant et ses fossettes.

— C'est lui qui te rendait toute chose quand je suis arrivé ? Rafael Martinez ? Faut reconnaître qu'il a du style.

— N'importe quoi, riposta-t-elle en levant les yeux au ciel. Contrairement à toi, je ne craque pas dès que je vois un type au physique acceptable.

— Acceptable ?

Ben ouvrit des yeux comme des soucoupes.

— Tu as fait vérifier ta vue dernièrement ? J'aimerais bien qu'il soit de mon bord !

— Eh bien, fais-lui la cour, il sera peut-être sensible à ton charme. En attendant, je vais me coucher. Je dois boucler ma valise et embarquer sur le premier vol pour San Francisco demain matin.

— Tu vas encore là-bas ?

— Oui. Pourquoi ?

— Je me sens abandonné quand tu n'es pas là. Quel besoin as-tu d'y aller tous les week-ends ? Il y a des clubs de strip-tease à Vegas, tu sais.

— Trop risqué. Tu imagines les gros titres des journaux ? « La candidate à la mairie de Las Vegas dévoile tout sur scène ! » Ce serait un beau scandale.

Elle récupéra son verre de vin.

— Et vu la façon dont les médias nous fliquent, Rafael et moi, ils ne mettraient pas longtemps à découvrir le pot aux roses.

— Et tu vas faire comment après les élections ? Tu seras obligée de troquer tes talons aiguilles et ton string à paillettes contre une garde-robe d'élue bien comme il faut. À moins que tu aies l'intention d'être la première maire des États-Unis à pratiquer la pole dance ?

Elle éclata de rire.

— Je n'ai pas de string à paillettes. Et je n'ai pas honte de ma carrière. Je savoure chaque seconde passée sur scène. Cela me manquera terriblement mais tu connais cette ville aussi bien que moi.

Pour les touristes, Las Vegas était la ville de l'outrance, celle où tout était permis. Mais passé la fameuse voie express, la cité du désert était plutôt conservatrice et Jessica savait qu'on n'approuverait pas sa double vie. Elle parvenait à garder l'anonymat en exerçant son métier dans un autre État et l'argent récolté l'aidait à financer sa campagne. Mais elle prenait quand même un risque.

— Je sais que, tôt ou tard, je devrai arrêter. J'ai une mission à remplir : aider mes semblables, rendre cette ville meilleure. Mais pour changer le monde, je dois commencer par changer moi-même.

— Et remplacer la barre par une tribune.

— C'est ça. Mais la scène me manquera.

Au début, la danse avait été un moyen de payer ses études. Puis elle s'était rendu compte qu'elle était douée. Elle avait travaillé dur et elle avait gravi les échelons en gagnant ses premiers championnats de pole dance. Se produire en public était une expérience unique, exaltante, les applaudissements sa plus belle récompense. Elle était devenue une des meilleures dans sa discipline.

— Tu veux m'accompagner à San Francisco ?

— Non, j'ai un autre rendez-vous avec mon mérou. Si la maison est libre, je vais en profiter pour l'inviter.

— N'oublie pas la règle : on ne déambule pas tout nu dans les parties communes.

— Hé, c'est ta règle, pas la mienne. Sérieusement, tu comptes t'y prendre comment pour battre ton adversaire ?

— En étant meilleure que lui.

Ben la dévisagea d'un air sceptique.

— Tu crois que ça suffira ? Si tu veux, je peux essayer de me renseigner. Il cache peut-être des secrets inavouables.

— Et auprès de qui veux-tu enquêter ? Tu ne connais personne.

Il prit un air mystérieux.

— Détrompe-toi, j'ai plus d'un tour dans mon sac.

Elle secoua la tête en riant.

— Non. Je ne veux pas gagner en utilisant des méthodes déloyales.

— Tu crois que ton Rafael Martinez va se gêner ? Et puis on a le droit de chercher les failles de l'ennemi, ça n'a rien de déloyal. C'est de la stratégie.

— Merci de prendre mes intérêts à cœur, dit Jessica en se penchant pour l'embrasser sur la joue. Maintenant il faut vraiment que j'aille préparer mes affaires pour demain. On se revoit dimanche soir. Sois sage en mon absence.

— Au revoir, chérie. Amuse-toi bien à San Francisco.

— Rassure-toi, je ne vais pas m'en priver !

2

Rafael poussa la porte du Charlie's, l'un des clubs de strip-tease les plus chics de San Francisco. Comme dans la plupart des établissements de ce genre, la salle baignait dans la pénombre. La seule lumière provenait de la scène, éclairée par des spots jaunes et rouges. Une femme y faisait son numéro, entièrement nue à l'exception d'un string et d'une paire de chaussures à talons compensés. Elle dansait sur du rock classique et il la regarda avec un certain intérêt. Il aurait sans doute apprécié davantage sa prestation s'il n'avait été en mission commandée. La femme était belle et expérimentée mais ce n'était pas elle qu'il était venu voir.

Il commanda une bière au bar et pivota sur le haut tabouret pour observer la salle. Charlie's n'était pas le cabaret sordide qu'il avait imaginé. Le décor était moderne, élégant, la clientèle n'avait rien de vulgaire et respectait les artistes.

Étant lui-même habitué à évoluer dans le monde de la nuit — il était copropriétaire du Paradis Terrestre, le club libertin très privé de Las Vegas —, il savait que la sécurité des clients et celle du personnel étaient fondamentales dans ce genre d'établissements. Le club qui leur appartenait, à ses associés et lui, était un lieu de rencontre, un terrain de jeux érotiques ouvert tous les soirs de la semaine. Ils étaient les seuls à Las Vegas à posséder un établissement de ce type et il se félicitait que ses amis et lui aient décroché le marché avant tout le monde. Le Paradis Terrestre était le joyau des entreprises de The Brotherhood. C'était également l'investissement le plus lucratif. Il n'y avait pas grande différence entre un numéro de strip-tease chez Charlie's à San Francisco et au Paradis Terrestre à Las Vegas. Sauf qu'ici, il était sur le territoire de Jessica. Par chance, l'effet de surprise jouerait en sa faveur.

— Est-ce que Jessie M travaille ce soir ? demanda-t-il à la barmaid.

Elle ne répondit pas et servit un autre client. La consigne était sans doute de ne pas parler aux inconnus trop curieux qui cherchaient à se renseigner sur l'une des danseuses.

Rafael fit glisser un billet de cinquante dollars sur le comptoir.

— Est-ce que Jessie travaille ce soir ?

La fille regarda le billet avant de l'attraper d'un geste rapide et précis. Elle le glissa dans le décolleté de son bustier qui menaçait d'exploser sous la pression de son ample poitrine.

— Elle entre en scène dans cinq minutes.

— Je suis arrivé juste à temps, alors, dit-il en buvant une gorgée de sa bière.

La musique s'arrêta et il pivota vers la scène pour voir la danseuse ramasser ses vêtements et regagner rapidement les coulisses. La voix du DJ monta dans les haut-parleurs.

— On applaudit Lola encore une fois !

Le silence revint puis une musique d'ambiance s'éleva. Le DJ reprit alors la parole d'une voix théâtrale :

— Et maintenant, mesdames et messieurs, un numéro exceptionnel. La jeune femme que vous allez voir ne se produit pas tous les jours mais c'est toujours un honneur de la recevoir parmi nous. Je vous demande d'accueillir l'exquise, la belle, la talentueuse, l'ensorcelante, la championne du monde de pole dance : Jessie M !

Championne du monde ? Un tonnerre d'applaudissements retentit et la rivale de Rafael dans la course à la mairie, son épine dans le pied, le mépris fait femme, alias Jessica Morgan, alias *Jessie M*, entra sur scène au son d'un hip-hop endiablé.

Elle évoluait avec une grâce et une technique incroyables, et chacun de ses gestes semblait calibré pour tomber exactement en rythme avec la musique. Une flamme brûlait dans ses yeux tandis qu'elle souriait au public. Il connaissait ce regard. C'était celui qu'elle avait dans l'arène politique quand elle voulait convaincre et montrer à chacun de ses interlocuteurs, même le plus humble d'entre eux, qu'il était important pour elle. Elle dégrafa la veste de son costume de scène, dévoilant un soutien-gorge, cousu de sequins étincelants, qui mettait sa poitrine en valeur.

Comme elle avançait en pirouettant vers la barre dressée au centre de la scène, Rafael descendit de son tabouret et se faufila dans l'ombre vers une table libre, juste devant la scène. Il s'assit au moment où elle escaladait la barre avec une souplesse de félin. Une fois en haut, elle enroula une jambe autour du métal, lâcha les mains et bascula le haut de son corps en arrière, la tête en bas, se maintenant à la seule force des muscles de ses cuisses. Puis avec la même aisance stupéfiante, elle se redressa, replaça les mains sur la barre, dénoua les jambes et réalisa une incroyable chorégraphie dans les airs, comme si elle volait.

Rafael retint son souffle, sidéré. Il était lui-même en excellente condition physique mais il aurait été incapable de réaliser un pareil tour de force. Tout en la regardant évoluer, il sentit la fièvre du désir l'envahir. Elle était sa rivale en politique et il était venu à San Francisco pour la confondre, mais… Bon sang, c'était le numéro le plus torride qu'il ait jamais vu !

Elle se laissa glisser le long de l'acier jusqu'au sol et exécuta un grand écart parfait. Puis elle se redressa en se cambrant, tourna le dos au public et dégrafa son soutien-gorge qu'elle tint quelques secondes du bout des doigts, bras tendu, avant de le lâcher.

Rafael cessa de respirer quand le petit morceau de tissu scintillant toucha le sol dans un cliquetis de sequins. Seins nus, elle attrapa la barre et se frotta sensuellement contre le métal, ses hanches ondulant en rythme avec la musique. D'une main, elle défit le nœud qui fermait sa jupe, et le vêtement tomba à son tour sur le sol. Vêtue uniquement de son string et de ses souliers noirs à talons aiguilles, elle dansa autour de la barre. Rafael ne songeait plus à sa bière ni au public autour de lui. Il était hypnotisé par la sirène qui évoluait dans la lumière des projecteurs comme un poisson dans l'eau. Elle le tenait sous son charme.

Elle se laissa glisser sur le sol et rampa lentement vers le devant de la scène et la table que Rafael occupait dans l'ombre. Puis d'un mouvement parfaitement contrôlé, elle inclina le haut de son corps jusqu'au sol, arqua le dos, et redressa la tête. Sans la lâcher du regard, il sortit un billet de cent dollars de son portefeuille. Elle était si près qu'il n'eut qu'à tendre le bras pour glisser l'argent dans la ficelle de son string, sur sa hanche, laissant volontairement ses doigts effleurer sa peau douce. Elle lui décocha un clin d'œil et souffla un baiser sensuel dans sa direction. Il sut exactement à quelle seconde elle le reconnut. Le choc se refléta dans ses yeux, vite remplacé par une expression d'affolement et de peur. Elle trouva la force de finir sa prestation et de saluer son public en souriant, comme si de rien n'était, tandis que la salle l'applaudissait à tout rompre.

Rafael resta assis à sa place, le cœur battant, observant son adversaire tandis qu'elle rassemblait promptement ses vêtements et les billets qu'on lui avait jetés pendant son numéro en évitant de regarder dans sa direction. Même si elle s'appliquait à ne pas le montrer, elle était bouleversée. Il était venu la prendre la main dans le sac, la confondre et l'obliger à retirer sa candidature. Mais la donne venait de changer. Il n'avait plus envie de se débarrasser d'elle. Il était dévoré de curiosité. Il voulait découvrir l'inconnue qui se cachait derrière ces talons aiguilles et ce string.

Oh mon Dieu. Mon Dieu. Mon Dieu.

C'était lui.

Jessica sortit de scène et traversa les coulisses où les autres artistes se préparaient, discutaient, ou se reposaient entre deux numéros. Elle avait réalisé une excellente prestation mais elle avait failli s'évanouir d'horreur en découvrant Rafael Martinez, assis à une table juste devant la scène. Le billet qu'il avait glissé dans son string était toujours là, contre sa hanche. Elle l'attrapa du bout des doigts et fronça les sourcils. Cent dollars ?

Elle avait réussi à cacher sa panique quand elle l'avait reconnu. Rafael Martinez ! Il était là, chez Charlie's, et il l'avait vue danser ! Tout était fini pour elle. Il allait la détruire, raconter à tout le monde qu'elle était strip-teaseuse, ruiner sa carrière, sa vie, et tout ce pour quoi elle avait tant travaillé. Mille pensées déchirantes lui avaient traversé l'esprit en l'espace de quelques secondes pendant qu'elle continuait à le fixer dans les yeux, puis elle avait ramassé ses affaires et était sortie de scène, la tête haute.

À présent le courage l'abandonnait. Ses mains tremblaient et elle avait le plus grand mal à ne pas lâcher ses vêtements et son argent. Pourtant, il fallait qu'elle s'habille et aille lui parler. Elle n'avait rien à se reprocher. Cette pensée la réconforta un peu. Elle devait découvrir pourquoi il était ici et trouver un moyen de le convaincre de garder son secret.

— Eh, super ton numéro, Jessie ! lança l'une des filles.

Elle sourit mécaniquement sans même savoir qui avait parlé. Que dire, que faire pour ne pas tout perdre ? Elle passa rapidement une jupe et un T-shirt. L'espace d'un instant, elle fut tentée de fuir par la porte de service ou de faire jeter Rafael dehors par l'un des videurs. Mais cela ne résoudrait rien. Tôt ou tard, elle devrait l'affronter, il valait mieux que ce soit ici, sur son territoire, plutôt que lors d'un débat public. Prenant une grande inspiration, elle affermit sa décision et poussa la porte de derrière pour le rejoindre.

Elle parcourut la salle des yeux, ignorant les regards appuyés des clients qui venaient d'assister à son numéro. Puis elle l'aperçut, attablé devant une bière. Visiblement il l'attendait car il lui sourit avec insolence. *Qu'il aille au diable !* se dit-elle. Et redressant les épaules, elle le rejoignit.

Tirant une chaise pour s'asseoir, elle fit glisser vers lui le billet de cent dollars qu'il lui avait donné puis elle s'adossa à son siège.

— Je ne veux pas de ton argent, dit-elle en croisant les bras.

— Dans ce cas, comment vais-je pouvoir payer ma danse privée ? demanda-t-il en levant un sourcil.

Il était incroyable !

— Désolée. Je ne danse pas en privé pour les clients. Qu'est-ce que tu fais ici ?

— C'est amusant, j'allais te poser la même question, dit-il en promenant un regard paisible dans la salle.

Elle en fit autant, observant les serveuses seins nus qui allaient et venaient d'une table à l'autre avec autant de naturel que si elles étaient en robe du soir.

Une danseuse entra en scène, et l'attention du public se porta sur elle pendant qu'une musique rythmée montait des haut-parleurs.

— Tu ne veux pas répondre ? demanda-t-elle.

Il haussa les épaules.

— Je n'en vois pas l'intérêt. C'est moi qui suis venu chercher des réponses.

Elle poussa un soupir.

— Qu'est-ce que tu veux ?

Il leva son poignet et, à sa montre, elle vit qu'il était plus de 3 heures du matin. Cette montre aurait suffi à payer son loyer pendant au moins deux mois. *Quel luxe tapageur et inutile !* songea-t-elle avec cynisme. C'était un homme du peuple, à n'en pas douter…

— Ce que je veux ? répéta-t-il. En fait, pour l'instant, ce qui me plairait c'est un petit déjeuner. Tu veux te joindre à moi ?

Elle fronça les sourcils. Il portait une tenue décontractée — jean et T-shirt noir. Il était déjà splendide en costume cravate, mais ce soir il était juste… fantastique. Elle serra les dents. Elle n'avait aucune envie d'aller où que ce soit avec lui mais elle devait savoir comment il comptait exploiter ce qu'il venait de voir.

— Il y a une brasserie à deux pas d'ici. Elle ne paie pas de mine mais elle est ouverte vingt-quatre heures sur vingt-quatre. Et puis…

Elle désigna sa montre.

— Il vaut mieux que tu n'exhibes pas ce joujou dans le quartier.

— Je ne prête pas attention à ce genre de détails. Je sais me défendre quand c'est nécessaire. Mais la brasserie me semble parfaite, conclut-il avec un sourire, en se levant. Allons-y.

Se retrouver assise en face de Rafael dans une brasserie déserte, à 3 heures du matin, était une expérience franchement surréaliste. Jessica était fatiguée par le numéro qu'elle venait d'exécuter sur scène mais elle était surtout minée par l'angoisse. Comment allait-elle se sortir de ce mauvais pas ? Il pouvait arrêter sa carrière d'un mot. Quelles étaient ses intentions ? Projetait-il de la détruire ?

Elle s'était sentie attirée par lui depuis le jour de leur rencontre. Mais elle n'en avait jamais rien montré et ne s'était jamais autorisé le moindre rapprochement. En fait, elle avait toujours gardé soigneusement ses distances avec lui. Était-ce par peur de succomber à ces yeux sombres et envoûtants, à cette voix grave et profonde qui passait sans effort de l'anglais à l'espagnol ? Peut-être. Il était toujours élégant, charmeur, tiré à quatre épingles : l'incarnation même du parfait candidat. Mais ce soir, il était différent. Une ombre de barbe voilait sa joue, ses cheveux noirs étaient légèrement ébouriffés, et elle mourait d'envie d'y glisser les doigts pour les recoiffer. Il semblait plus réel, plus humain. Elle avait presque envie de croire qu'il n'était pas seulement un arrogant politicien doublé d'un homme d'affaires calculateur.

Ils se dévisageaient sans un mot. Il devait se demander, comme elle, comment la situation allait évoluer. Ils gardèrent le silence jusqu'à ce que la serveuse s'approche de leur table.

— Qu'est-ce que je vous sers ? demanda-t-elle en levant à peine les yeux de son carnet de commandes.

— Je vais prendre un café, dit Rafael.

— Vous le voulez comment ?

— Noir.

— Et vous, trésor ?

Elle se tourna vers Jessica.

— Du thé. Aromatisé si vous avez.

— J'ai du citron.

— C'est parfait.

— Vous voulez manger quelque chose ?

— Non.

Elle lança un regard appuyé à Rafael.

— Je n'ai pas faim.

En fait si, mais elle ne voulait pas passer une minute de plus que nécessaire en sa compagnie.

La serveuse se tourna vers Rafael.

— Rien pour moi non plus, merci, dit-il.

La serveuse partie, Jessica se pencha sur la table, bras croisés.

— Je croyais que tu avais envie d'un petit déjeuner ?

— Je ne vais pas manger devant toi. Tu serais capable de me voler mon bacon, dit-il d'un ton grave avant de lui décocher un sourire ironique.

Jessica n'en croyait pas ses oreilles. Il était sur le point de briser sa carrière et il plaisantait ?

— Que va-t-il se passer maintenant ? demanda-t-elle sans lui rendre son sourire. Tu vas alerter la presse ? Lancer sur Internet la rumeur que je danse dans un club de strip-tease ? Ou me faire chanter en menaçant de tout révéler si je ne me retire pas de la course à la mairie ?

Elle eut l'impression qu'il réfléchissait sincèrement à ce qu'il allait répondre.

— J'y ai pensé. Mais ce n'est pas mon style d'aller voir la presse. Je ne suis pas une balance et Dieu sait que j'ai eu mon compte de rumeurs.

— Oh, vraiment ? Alors que faisons-nous ici ?

Il haussa les épaules.

— Simple curiosité, je suppose. Ça m'intrigue qu'une conseillère municipale relativement connue choisisse de faire du strip-tease pendant ses loisirs.

— « Relativement connue ? » Tu n'as pas vu les derniers sondages ?

Il haussa les épaules.

— Les sondages ne signifient rien. Il n'y a que le résultat qui compte.

Elle poussa un soupir.

— Je te repose la question. Qu'est-ce que nous faisons ici ? Il est tard et je suis fatiguée.

— J'aimerais comprendre ce qui te motive. L'argent ? Un conseiller municipal gagne correctement sa vie, pourtant.

La serveuse réapparut avec leur commande. Jessica attendit qu'elle se soit éloignée pour répondre.

— Tu veux savoir ce qui me motive ? J'aime danser. C'est amusant, exaltant, et ça me plaît. Pour moi, ce n'est pas un loisir. Pendant longtemps, le strip-tease a été mon activité principale. Je m'éclate sur scène.

— Tu es super douée, c'est vrai. La meilleure danseuse que j'aie jamais vue.

Son regard brûlant lui coupa le souffle.

— Je me demande ce que les électeurs conservateurs penseront de ton activité secrète quand ils seront mis au courant.

Elle garda le silence, hérissée par son sous-entendu mais ignorant toujours ses intentions.

— Je croyais que tu n'allais le dire à personne, que tu n'étais pas une balance ?

Son rire spontané la troubla. Elle se rendit compte que c'était la première fois qu'elle l'entendait rire. En fait, ils avaient rarement discuté ensemble. Le problème c'était qu'elle commençait à aimer ça…

Il but une gorgée de café puis s'accouda à la table.

— Et si nous allions ailleurs ? suggéra-t-il, ses intonations chaudes et profondes ne laissant aucun doute sur le genre d'endroits où il voulait aller avec elle.

Elle se figea, puis la colère enflamma ses joues et ses yeux lancèrent des éclairs. Elle se pencha vers lui.

— Si tu crois que je vais coucher avec toi en échange de ton silence, c'est que tu me connais vraiment mal !

Il cilla rapidement et attendit quelques secondes avant de répondre, comme s'il choisissait soigneusement ses mots.

— Tu ne vas peut-être pas le croire, ma douce, mais je n'ai jamais eu besoin de recourir au chantage pour mettre une femme dans mon lit. Et je ne vais pas commencer ce soir.

Il la déshabilla du regard et elle sentit l'intensité de son désir la brûler.

— Même si cette idée n'était pas pour me déplaire.

Elle eut l'image de leurs corps nus dans un lit et la chassa très vite de son esprit. Il continuait à parler et elle dut se concentrer pour entendre ce qu'il disait.

— Manifestement, tu as une mauvaise opinion de moi, reprit-il. Je crois que tu ne m'aimes pas beaucoup.

Elle laissa échapper un rire sarcastique.

— Mon Dieu, c'est la seule chose qui te préoccupe ? Tu ne dois pas avoir beaucoup de problèmes, en ce cas. Tu veux la vérité ? Tu incarnes tout ce que je déteste, tout ce qui se dresse sur la route du changement. Tu es…

Il leva la main pour l'interrompre.

— Non, ce n'est pas la seule chose qui me préoccupe. Je sais que beaucoup de gens dans cette ville ne m'aiment pas, mais j'en ai pris mon parti et ça m'est égal. Ce qui me déplaît c'est que *tu* ne m'aimes pas.

Il marqua un temps pour la laisser assimiler ce qu'il venait de dire.

— Je ne suis pas un méchant, Jessica. Loin de là. Je regrette que tu aies des idées préconçues sur moi. C'est dommage. Sachant que nous allons être amenés à nous croiser régulièrement et que nous sommes invités aux mêmes événements, je pense que nous devrions apprendre à mieux nous connaître.

Elle leva les yeux au ciel. Il n'était pas le premier homme à se servir de cet argument. Elle n'était pas dupe.

— C'est ton opinion, ce n'est pas la mienne.

Il sourit.

— Allez, Jessica. Mes amis les plus proches, et cela fait au moins quatre personnes désintéressées avec qui je n'ai pas de liens de parenté, s'accordent pour dire que je suis un type super sympa dans la vie de tous les jours.

— Et si je n'ai pas envie de te connaître ?

Il bâilla.

— Il est horriblement tard. Mon avion pour Las Vegas décolle dans deux heures. On devrait y aller.

— On ne va nulle part tant que tu ne m'auras pas dit ce que tu comptes faire de ce que tu as découvert sur moi !

Sa façon de sauter d'un sujet à l'autre la déstabilisait. Il haussa les épaules.

— Je n'ai pas encore décidé. Mais je ne demande

qu'à être convaincu. Retrouvons-nous à Las Vegas. Nous pourrons en discuter tranquillement.

— Je n'ai pas de temps à perdre avec toi. J'ai du travail !

— Sur une scène ou dans un bureau ?

Elle serra les dents.

— Je ne fais pas de strip-tease à Las Vegas.

— C'est très regrettable pour Las Vegas.

Il la toisa pensivement, sourcils froncés. Elle en fit autant. Ses yeux sombres étaient chaleureux, désarmants et elle y voyait danser une pointe d'humour. Sa raison lui disait qu'elle savait tout ce qu'elle avait besoin de savoir sur Rafael Martinez. Il avait beau essayer de se faire passer pour un philanthrope, il était avant tout un homme d'affaires. Elle ignorait l'étendue exacte de sa fortune et de ses liens avec les entreprises locales, mais elle était certaine d'une chose, c'est qu'il n'était pas ce dont Las Vegas avait besoin.

Et pourtant il l'attirait, elle ne pouvait le nier. Il lui suffisait de le regarder pour que son désir s'éveille. Il la tentait de mille façons, mais ce soir elle était trop fatiguée pour argumenter ou pour résister. Elle voulait juste dormir et laisser sa raison et son corps trouver le repos. Demain elle aurait repris ses esprits.

Elle poussa un soupir impatient.

— Tu veux quoi ?

— Je ne sais pas. Nous pourrions dîner ensemble demain soir. Ou boire un verre. Bavarder.

— Nous pouvons bavarder maintenant.

Il regarda autour de lui et secoua la tête.

— Non. Ce sera mieux à Las Vegas.

— Je vois. Tu préfères être sur ton terrain, c'est ça ?

Il sourit.

— Tu me connais peut-être mieux que je ne le pensais, finalement.

Son énergie faiblissait et elle savait qu'elle ne pourrait pas lui tenir tête encore très longtemps.

— Très bien. Dînons ensemble.

Elle pouvait lui accorder une heure, le raisonner et obtenir que sa vie privée le reste.

Elle fronça les sourcils.

— Mais ça ressemble quand même beaucoup à du chantage.

Il but son café sans répondre mais ses yeux souriaient par-dessus la tasse.

— Comment m'as-tu trouvée ? demanda-t-elle enfin.

Il haussa les épaules.

— Quelle importance ?

Sa façon de se défiler la mit en colère.

— Tu ne veux rien dire ? Tu fais irruption dans ma vie, tu agites la menace de me détruire et tu ne veux même pas me dire comment tu as tout découvert ?

Elle le fusilla du regard. Il était si sûr de lui, si arrogant ! Elle reposa sa tasse de thé, jeta un billet de vingt dollars sur la table — elle ne voulait rien lui devoir — et se leva.

— Je n'ai ni le temps ni l'envie de jouer à tes

petits jeux, Rafael. Je suis fatiguée. Je veux juste regagner mon hôtel.

Il se leva à son tour.

— Attends. Je ne vais pas te laisser rentrer seule à cette heure dans un quartier pareil.

Elle sentait sa colère monter de seconde en seconde.

— Je suis plus en sécurité *dans un quartier pareil* que dans *ton monde,* siffla-t-elle. Tu sais quoi ? J'en ai fini avec toi. Raconte ce que tu veux. Ça m'est égal !

Pivotant sur ses talons, elle se dirigea vers la sortie.

— Jessica, attends !

Tournant la tête, elle le vit lancer à son tour un billet de vingt dollars sur la table. Au moins, la serveuse n'aurait pas perdu sa soirée. Il la rejoignit.

— Laisse-moi au moins t'appeler un taxi.

— Je peux me débrouiller seule.

Il regarda la rue dans les deux sens. Il n'y avait pas un chat mais un taxi solitaire venait dans leur direction. Il s'arrêta quand Rafael le héla et il ouvrit la portière arrière.

— Tu veux bien que je le partage avec toi ? J'ai l'impression que les taxis ne courent pas les rues ce soir.

Elle faillit refuser, mais avec son jean de marque et sa montre hors de prix, il ferait long feu ici. Elle ne l'aimait pas, pourtant elle ne voulait pas être responsable de ce qui pourrait lui arriver.

— Bien sûr.

Elle s'engouffra à l'arrière mais resta bloquée à mi-banquette par la coque rigide d'un siège pour enfant fixé derrière le chauffeur. Rafael monta à son tour et elle se retrouva piégée contre lui.

Surpris par le manque de place, Rafael dut se coller à Jessica pour pouvoir fermer la portière. Sa cuisse et son bras se pressèrent contre son corps chaud et doux et le désir l'embrasa instantanément. Le courant qui vibrait entre eux était comme un fil électrique connecté. Il tourna la tête pour la regarder : elle se tenait droite comme un *i*, les yeux rivés au pare-brise, et l'ignorait complètement. Était-il possible qu'il soit le seul à sentir ce flux magnétique entre eux ? Il bougea, frôlant volontairement son bras, juste « pour voir ». Il eut sa réponse quand elle sursauta et recula aussi loin que possible — c'est-à-dire très peu.

— Où allons-nous ? demanda le chauffeur.

Jessica lui donna l'adresse de son hôtel.

— Et vous, monsieur ?

Rafael croisa son regard dans le rétroviseur.

— Déposez madame d'abord. Nous verrons ensuite.

Hors de question de descendre le premier et de laisser Jessica avec un inconnu. Il était d'un naturel protecteur. À cette heure de la nuit — ou plutôt du matin —, il voulait être certain que Jessica regagne son hôtel en toute sécurité avant de songer à lui.

Le chauffeur haussa les épaules et démarra.

Un silence tendu plana entre eux pendant qu'ils évitaient de se regarder, serrés l'un contre l'autre.

Chaque fois qu'elle essayait de s'éloigner de lui, il sentait sa cuisse douce se frotter contre la sienne, et l'aiguillon du désir se plantait dans ses reins. Il l'avait toujours trouvée très belle mais depuis qu'il avait vu sa performance sur scène, il la désirait comme un fou. Son sexe semblait animé par une vie propre et il essaya de penser à autre chose pour éviter une situation très embarrassante. Le base-ball, le salon des antiquités, le Monopoly, les trois heures de veillée à Pâques auxquelles sa mère le traînait quand il était enfant. Mais rien n'y faisait et il toussa pour chasser la boule qui s'était logée dans sa gorge.

Jessica continuait à fixer la route pendant qu'il continuait à la regarder. Il avait nourri une bonne douzaine de fantasmes sur elle chaque fois qu'il s'ennuyait au conseil municipal, ou pendant les dîners officiels quand il était assis entre deux raseurs. Elle était intelligente, pugnace et diablement sexy. Depuis le début de la campagne, elle avait émis un avis défavorable sur tous les points de son programme. Ils étaient adversaires et elle ne manquait pas une occasion de le flinguer — et réciproquement. Mais à cet instant, serré contre elle sur la banquette arrière d'un taxi, il n'avait qu'une envie : l'embrasser. Il fallait pourtant qu'il se contrôle. Il ne pouvait pas donner libre cours à son désir.

Il observa son visage éclairé par le tableau de bord. Elle était belle, fine, presque vulnérable en cet instant. Elle dut sentir l'insistance de son regard parce qu'elle tourna la tête et le fixa intensément. Des vibrations électriques flottèrent dans l'air. Elle ne dit rien mais son souffle s'accéléra et ses lèvres s'entrouvrirent. Sans même réaliser ce qu'il faisait, il prit son visage en coupe dans ses mains et l'embrassa.

Elle était chaude, douce et à l'instant où leurs lèvres se touchèrent, il sut qu'il n'y aurait pas de demi-mesure. Soit elle allait lui rendre son baiser avec passion, soit elle le giflerait à la volée. Elle se raidit tout d'abord, mais quand il mordilla doucement sa lèvre inférieure, elle soupira et s'amollit dans ses bras. Ses mains glissèrent de ses épaules à son torse et se refermèrent sur son T-shirt tandis qu'elle ouvrait ses lèvres sous la pression des siennes. Elles avaient un goût de thé et de citron et ce fut elle qui chercha sa langue pendant qu'il essayait de garder le contrôle.

Dégrafant sa ceinture de sécurité, il la souleva pour l'asseoir sur ses genoux. Ses jambes passèrent par-dessus l'une de ses cuisses et son sexe, dur comme de la pierre, se pressa contre ses fesses. Le plafond bas de la voiture ne leur laissait pas beaucoup de place, l'obligeant à baisser la tête. Elle enroula ses bras autour de son cou, enfonça ses doigts dans ses cheveux et il l'embrassa avec une passion accrue pendant qu'elle faisait remonter ses mains sous son T-shirt. Il n'avait jamais été aussi excité de toute sa vie. Il n'avait qu'une idée : la prendre, là, tout de suite.

Rafael savait qu'ils étaient à l'arrière d'un taxi et que le chauffeur voyait ce qui se passait dans son rétroviseur, mais il s'en fichait et Jessica aussi, à en croire la façon dont elle le caressait sous son T-shirt. Il glissa une main sous sa jupe. Elle écarta légèrement les cuisses et il y vit une invitation à aller plus loin. Il sentit le satin de sa culotte sous ses doigts, passa en dessous sans qu'elle offre la moindre résistance. Il tremblait de désir lorsqu'il toucha sa chair mouillée et palpitante. Il pinça son clitoris et elle jeta ses bras autour de son cou en criant contre sa bouche. Oubliant tout ce qui les entourait, il glissa un doigt en elle, puis un deuxième, et les fit bouger. Sa respiration accéléra, elle se tortilla sur lui et les petits gémissements plaintifs qu'il étouffait sous ses lèvres lui dirent qu'elle était en train de jouir.

Son sexe bandé était au bord de l'explosion et il envisagea un instant de la prendre là, tout de suite. Il l'aurait fait si le chauffeur n'avait toussoté au même instant, le ramenant brutalement sur terre.

— Merde, souffla-t-il tout bas.

— Vous êtes arrivée à votre hôtel, mademoiselle, annonça le conducteur sans tourner la tête.

— Oh ! merci, balbutia-t-elle d'une voix étranglée.

Il avait toujours sa main entre ses cuisses mais ni l'un ni l'autre ne parvenait à bouger.

Posant son autre main sur sa nuque, il attira son visage vers le sien et l'embrassa. Il ne parvenait pas à se résoudre à la laisser partir.

— Invite-moi à monter, chuchota-t-il tout contre sa bouche.

Il retint son souffle, attendant qu'elle l'autorise à passer la nuit avec elle. Mais le brouillard de la passion se dissipa dans ses yeux, remplacé par une expression abasourdie et elle murmura « non » avant de se séparer de lui.

— Je ne peux pas.

Le désir qu'il avait d'elle atténua sa surprise. Peu de femmes se refusaient à lui, surtout après avoir partagé avec lui un moment aussi intense. Mais Jessica était différente. Elle reprit sa place sur la banquette et sa chaleur lui manqua instantanément, la pression douce de ses fesses contre son sexe. Ils réalisèrent en même temps qu'elle ne pouvait pas descendre de son côté à cause du siège enfant qui bloquait la portière.

— Laisse-moi passer, s'il te plaît, dit-elle tout bas.

Il aurait pu refuser, insister pour passer la nuit avec elle. Mais elle avait raison et il le savait. Ce serait une folie. Hochant la tête, il ouvrit sa portière et descendit avec précaution pour ménager son sexe douloureusement comprimé par son jean. Jessica descendit à son tour et ouvrit son sac pour y chercher son porte-monnaie.

— Laisse. Je m'en charge.

— Non. Je paie ma course, dit-elle en posant de l'argent sur la banquette.

Avant qu'il ait pu protester, elle tourna les talons et franchit la porte de l'hôtel sans un regard en arrière. Rafael remonta dans le taxi et poussa un long soupir. Elle ne voulait rien lui devoir, mais il savait d'ores et déjà qu'il allait payer au prix fort ce qui venait de se passer.

3

Rafael était crevé. Il était rentré de San Francisco aux premières heures de l'aube et il s'était rendu directement au dernier étage de la tour BH où se trouvait son bureau. Depuis, la nuit était tombée derrière le mur de vitres et il n'avait pas levé le nez de son ordinateur.

Après avoir réglé les dossiers en cours pour la municipalité, il s'était plongé dans les relevés financiers des multiples entreprises de The Brotherhood. Il ne prenait aucune part aux décisions du groupe mais suivait de près les résultats en coulisses. Contrairement à bon nombre d'entrepreneurs qui confiaient ce travail de vérification à des sociétés de sous-traitance, ses amis et lui préféraient tout contrôler eux-mêmes. Il pourrait y avoir des soupçons de conflit d'intérêts si on découvrait à quel point il était lié aux affaires de The Brotherhood mais il ne s'était jamais servi de son poids politique pour favoriser ses amis. Même si, de son point de vue, on était en droit d'utiliser tous les outils dont on disposait pour faire avancer un dossier. Les affaires se traitaient ainsi.

Il finissait son rapport d'analyse sur les bénéfices du dernier trimestre et ouvrait un autre dossier sur son ordinateur quand Alex entra dans son bureau sans s'annoncer. Ils pratiquaient tous la politique de la porte ouverte entre eux et frappaient rarement avant d'entrer. Rafael le salua d'un geste sans quitter son écran des yeux et Alex s'assit en face de lui. Ils ne s'étaient pas revus depuis son départ pour San Francisco.

— Alors ? Comment ça s'est passé ? demanda aussitôt son ami.

— Bien, répondit-il laconiquement.

Il parcourut le document qu'il avait sous les yeux en essayant de ne pas prêter attention à la façon dont son corps se crispait en se remémorant ce qui s'était passé entre Jessica et lui dans le taxi.

Alex se pencha en avant.

— Tu l'as vue ? C'était bien elle ? Qu'est-ce qu'elle a dit ?

— Si tu étais si intéressé, tu n'avais qu'à venir.

— Hé, je te l'ai dit, j'avais un rendez-vous ! Qui s'est finalement transformé en deux rendez-vous, ajouta-t-il avec un clin d'œil.

Rafael sourit. Pour des raisons évidentes, il se félicitait que son camarade n'ait pas pu l'accompagner.

— Si je comprends bien, tu as eu de la chance que je t'accorde un week-end de liberté. On dit merci qui ?

— Mmm, ne détourne pas la conversation. Tu

as vu Jessica Morgan ? Elle était bien au club de strip-tease ?

Rafael ferma son ordinateur et regarda son ami.

— Je vais te demander de garder pour toi ce que tu sais sur elle, promis ?

Alex hocha la tête.

— Pas de problème. Je peux savoir pourquoi tu as changé d'avis ? C'était la victoire assurée pourtant.

Rafael ne répondit pas. En fait, il ignorait lui-même ce qui motivait ce changement. Il était parti en Californie pour vérifier de ses yeux l'information qui allait lui permettre de gagner l'élection et de crucifier son adversaire et voilà qu'il renonçait à s'en servir.

— C'était bien elle et je l'ai vue danser, acquiesça-t-il. Mais je n'ai pas encore décidé de ce que je vais faire de l'info.

— Tu n'as pas à te soucier de quoi que ce soit. Donne-nous juste le feu vert pour qu'on fasse fuiter le scoop dans la presse. C'est aussi simple que ça.

Alex l'observa, les yeux plissés.

— Je te trouve bizarre. Il s'est passé quelque chose entre vous ? demanda-t-il d'un ton soupçonneux.

— Non.

À part un baiser qui l'avait consumé jusqu'à l'âme, allumant en lui un incendie qu'une dizaine de douches glacées n'avait pas réussi à éteindre.

— Mais je ne veux pas remporter l'élection de cette façon. Je veux gagner à la loyale, sur mon programme.

Rafael savait qu'Alex n'était pas dupe. Ils se

connaissaient depuis trop longtemps. Son ami devinait forcément qu'il lui cachait quelque chose.

— Je ne comprends pas, reprit ce dernier. Il y a deux jours elle était la femme à abattre. Qu'est-ce qui s'est passé ?

— Rien, je te dis ! J'ai juste besoin d'un peu de recul. Tout va bien, je t'assure. Ne t'inquiète pas.

— D'accord.

Alex leva les mains en signe de reddition.

— Je passais juste voir si tu avais envie de descendre au club boire un verre ou t'amuser un peu. Il est tard, tu devrais t'accorder un break.

Le Paradis Terrestre était leur bébé et le refuge où ils aimaient se retrouver après le travail pour se détendre. Quand ils avaient fait construire la tour BH, ils avaient laissé les étages inférieurs vides pour y installer un club libertin très privé, réservé à une clientèle triée sur le volet. On pouvait y assouvir tous les fantasmes auxquels rêvent des adultes consentants.

— Tu ne viens pas de passer la nuit avec deux filles ? demanda Rafael, toujours sidéré par l'insatiable appétit de son camarade.

Alex haussa les épaules tout en jetant un coup d'œil à sa montre.

— C'est loin. Ça fait déjà presque vingt-quatre heures. Alors, tu viens ?

Rafael songea aux femmes magnifiques et aux multiples plaisirs dont il pourrait profiter s'il accompagnait son ami au rez-de-chaussée. Il poussa un soupir. Rien ne le tentait ce soir. À part son lit et une sirène aux yeux verts qui occupait un bureau à la mairie et une place au premier rang de ses fantasmes.

— Non, je ne peux pas. Je suis crevé.

— Ah ! Maintenant je *sais* qu'il s'est passé quelque chose à San Francisco !

— Hé, je n'ai pas dormi depuis vendredi. J'ai le droit de m'accorder une nuit sans débauche, non ?

Alex fit la moue.

— Je suppose que oui. Mais c'est bien la première fois que ça se produit.

Il se leva.

— Bon, j'y vais. Si tu changes d'avis, tu sais où me trouver.

Rafael secoua la tête. Il était fatigué, frustré, mais la solution à son problème ne se trouvait pas au Paradis Terrestre.

— À demain.

4

Jessica augmenta la vitesse et l'inclinaison du tapis de course et accéléra, libérant à chaque foulée son trop-plein d'énergie. Elle ne parvenait pas à chasser Rafael de ses pensées. Pour quelle raison était-il venu à San Francisco ? Pour la faire échouer ? Lui montrer qu'il était au courant de sa double vie ? La faire chanter ?

En général, elle parvenait assez facilement à analyser les motivations des hommes, à lire dans les méandres de leur cerveau. Mais Rafael était une énigme. En se réveillant la veille dans sa chambre d'hôtel, après deux courtes heures d'un sommeil agité, elle s'était levée avec une affreuse migraine comme si elle avait la gueule de bois. Le temps d'avaler un grand café noir et elle avait foncé voir sur Internet si on parlait d'elle. Rien. Elle avait même tapé son propre nom sur Google pour le cas où il aurait fait fuiter l'information. Mais non. À quoi jouait-il ?

Elle se remémora la nuit précédente. Elle avait complètement perdu la tête. Pourtant elle n'avait rien bu d'autre que du thé au citron. La seule drogue à laquelle elle avait goûté c'était celle des lèvres de Rafael.

Seigneur ! Ce baiser. Ces mains…

Elle accéléra la cadence, essayant d'échapper aux souvenirs de la nuit. Les muscles de ses cuisses protestèrent tandis que l'adrénaline se répandait dans ses veines, et elle se rappela le moment où elle s'était retrouvée avec lui à l'arrière du taxi. Rien qu'à sa façon de la toucher, elle devinait qu'il était un amant exceptionnel. Mais elle s'en était déjà doutée en l'observant de l'autre côté de la salle pendant les réunions, ou quand ils étaient amenés à se rencontrer dans le cadre de leurs fonctions. Son allure, cette assurance tranquille, ce contrôle qu'il gardait en toutes circonstances… Malgré elle, elle sentit un désir insidieux pulser entre ses cuisses, un désir qu'il était le seul à pouvoir assouvir. Furieuse, elle augmenta encore la vitesse du tapis de course pour tenter de fuir ses pensées.

Le fait qu'il ait découvert son secret la rendait vulnérable. Il tenait sa carrière entre ses mains. Elle aurait voulu pouvoir se dire qu'il s'agissait d'un horrible cauchemar, mais non. En l'espace de vingt-quatre heures, tout avait basculé. Non seulement Rafael connaissait le secret qu'elle avait réussi à cacher pendant des années, mais elle s'était complètement ridiculisée à l'arrière d'un taxi. Quel horrible gâchis !

Elle réfléchit à sa proposition — passer une soirée avec lui, apprendre à le connaître… Pourquoi pas, après tout ? Si elle se montrait conciliante, peut-être renoncerait-il à révéler ce qu'il avait vu. Elle n'aimait pas cet homme mais, pour être honnête, elle ne le connaissait pas vraiment. La seule chose dont elle était certaine, c'est qu'il avait un corps dur et brûlant et qu'il embrassait comme un dieu.

Son cœur s'emballa mais cela n'avait rien à voir avec la vitesse de son tapis de course. Elle leva les yeux vers l'écran de télévision et vit une journaliste parler avec Rafael devant la mairie. Retirant ses oreillettes, elle monta le son pour l'écouter.

— Je veux développer la croissance. Voilà pourquoi nous devons travailler en partenariat avec les entrepreneurs locaux. Toutes les villes florissantes ont été construites d'abord par leurs habitants.

Jessica serra les lèvres. Elle ne supportait pas qu'il fasse semblant de s'intéresser aux petites gens alors que, de toute évidence, il ne s'intéressait qu'aux patrons d'entreprises. Depuis le premier jour de sa campagne, il ne cessait de répéter qu'il venait de la classe moyenne, d'une famille d'immigrants venus travailler aux États-Unis. Mais c'était le passé. Que savait-il aujourd'hui du combat quotidien des plus démunis, lui qui vivait dans sa luxueuse tour d'ivoire ?

Jessica, elle, était proche des gens qu'elle défendait. Depuis son entrée au conseil municipal, elle se consacrait aux problèmes du logement et des aides sociales. Toute jeune, déjà, elle s'était fait un devoir d'agir comme bénévole dans son quartier et, aujourd'hui encore, elle continuait à traverser la ville une fois par mois pour donner un coup de main dans le refuge de SDF où elle travaillait quand elle était étudiante.

Rafael connaissait peut-être sa partition de candidat sur le bout des doigts, mais elle n'était pas dupe. Son discours bien rodé n'était qu'une succession de phrases creuses. Il ignorait tout de la réalité du terrain.

Et voilà qu'à présent il avait une emprise sur elle. Il n'avait encore rien dit mais il pouvait à tout instant utiliser ce qu'il avait découvert pour la torpiller. Peut-être même cela faisait-il partie de sa stratégie.

Frustrée, fatiguée, elle ralentit l'allure du tapis sur le panneau de contrôle puis l'arrêta. Haletante, elle se pencha en avant, les mains sur les hanches, et respira profondément. Elle était lucide mais cela ne l'empêchait pas de désirer cet homme comme elle n'avait encore jamais désiré personne.

Descendant de la machine, elle s'accorda quelques instants pour souffler et but l'eau de sa bouteille. En récupérant son téléphone portable, elle vit qu'elle avait reçu un texto de Ben lui disant de le rappeler. Son colocataire décrocha à la première sonnerie, et lança d'un ton surexcité :

— J'ai une info fabuleuse pour toi !

— À quel sujet ?

— Apollon Martinez. C'est de la bombe. Tu as entendu parler du Paradis Terrestre ?

— Bien sûr.

Tout le monde à Las Vegas connaissait ce club, ne serait-ce que de nom. Elle n'y était jamais entrée, bien sûr. N'étant ni riche ni privilégiée, elle n'y avait jamais été invitée.

— Et que sais-tu de la confrérie de l'ombre qui le dirige ? poursuivit Ben d'un ton de conspirateur.

Jessica n'avait ni le temps ni la patience de jouer aux devinettes.

— Si tu allais droit au but ? J'ai beaucoup de travail.

— Je sais de source sûre que Rafael Martinez fait partie de The Brotherhood, le groupe qui possède certaines des plus grosses entreprises de Las Vegas. Et devine qui est actionnaire du club en question ?

— Tu plaisantes ?

— Tu as touché le Jackpot ! s'écria Ben en éclatant de rire. Que penseront les électeurs conservateurs quand ils apprendront que leur golden-boy possède un club libertin en ville ?

Jessica réfléchissait à toute vitesse, le sourire aux lèvres. Elle avait un moyen de pression sur l'homme qui connaissait son secret. Les cartes étaient complètement rebattues !

— Ben, je t'aime ! Tu me sauves la vie.

— À ton service, chérie. Tu seras là pour dîner ?

— Non, dit-elle tandis qu'une idée germait dans son esprit. J'ai des projets pour ce soir.

Elle coupa la communication, vérifia l'heure et se rendit compte que son jogging avait pris plus de temps que prévu. Elle avait une réunion avec son équipe de campagne, puis elle devait se rendre à l'université pour rencontrer les étudiants. Elle n'avait pas une minute à perdre.

*
* *

Jessica prit le temps de parler à chaque étudiant venu rencontrer les deux candidats aux élections. Il était important que la jeunesse s'intéresse à la politique de sa ville et, à en juger par la foule rassemblée dans les locaux du syndicat étudiant, c'était le cas. Cet engouement était inhabituel et elle voulait y voir un signe encourageant pour les futures générations. Même la chaîne locale d'information était venue couvrir l'événement. Elle ne se rappelait pas qu'une élection municipale ait bénéficié d'un tel battage médiatique. Les gens s'intéressaient à elle, à Rafael, et au processus électoral en général. Le nombre d'inscriptions sur les listes s'était envolé.

Elle regarda de l'autre côté de la salle où Rafael et plusieurs membres de son équipe faisaient le job. Il semblait à l'aise, confiant, et sa tenue décontractée — jean et T-shirt —, lui allait à la perfection.

Il rit à une remarque que venait de lui faire un jeune étudiant, et l'écho de son rire flotta au-dessus du brouhaha de la salle bondée. Il tourna la tête et surprit le regard de Jessica sur lui. Ils se fixèrent un bref instant, avant qu'elle ne reporte son attention sur la jeune fille avec qui elle parlait. Elles échangèrent encore quelques mots puis elle se fraya un passage dans la foule, jusqu'à Rafael.

Il la salua avec un sourire amusé mais cordial et elle faillit rougir en repensant à la façon dont ils s'étaient quittés.

— Hello, Jessica.

Il se tourna brièvement vers les personnes avec qui il parlait.

— Vous voulez bien m'excuser un instant ?

Ils trouvèrent un endroit calme et elle fit mine d'observer les gens pour ne pas avoir le regarder.

— Il y a un monde fou.

— Les instituts de sondage prédisent un taux de participation record.

— Je croyais que tu ne lisais pas les sondages, dit-elle, faisant référence à leur conversation dans la brasserie.

Elle eut droit à un autre sourire éclatant.

— Touché.

— Et d'après les dernières estimations, je suis en tête, ajouta-t-elle.

Elle observa sa réaction. Les derniers chiffres parus ce matin montraient qu'elle le devançait de deux points. C'était encourageant mais loin d'être suffisant.

Le visage de Rafael resta impassible. S'il était contrarié, il ne le montrait pas.

— La partie n'est pas finie, loin de là.

— Mais il ne tient qu'à toi qu'elle le soit, lança-t-elle d'un ton de défi. Tu peux jeter l'éponge maintenant et t'épargner l'humiliation d'une lourde défaite.

Il la dévisagea quelques instants avant d'éclater de rire. Un photographe en profita pour les prendre en photo. Ils devaient donner l'impression de partager un moment de détente, mais la réalité était tout autre.

Il se pencha pour s'approcher de son oreille.

— C'est toi qui me dis ça ? Tu oublies que je

peux mettre un terme à ta carrière en l'espace d'une seconde ?

Elle refusa de se laisser intimider.

— Tu ne le feras pas.

— En es-tu bien sûre ? Je suis peut-être prêt à tout pour gagner…

— Alors, vas-y. Si tu estimes que tu ne peux pas me battre loyalement, reviens sur ta parole et dénonce-moi. Tu peux gagner en me couvrant de boue mais tu ne garderas pas longtemps ton écharpe de maire.

Il haussa un sourcil et sourit avec amusement.

— Tu es très forte.

Il baissa la voix.

— Pour être honnête, j'ai beaucoup pensé à toi depuis hier.

— Vraiment ?

Elle était sincèrement surprise.

— Moi aussi, j'ai pensé à toi, avoua-t-elle dans un murmure. Je me suis demandé si j'allais trouver ma photo sur les réseaux sociaux.

— Rassure-toi, je n'en ai parlé à personne.

— Je sais.

Il sourit.

— Enfin, pas encore.

Jessica recula et fronça les sourcils.

— Je n'ai pas le temps de jouer à ce petit jeu avec toi. Si tu veux me dénoncer, fais-le.

— C'est plutôt amusant, tu ne trouves pas ?

— Non, je ne trouve pas.

Elle se ravisa.

— Ou du moins, ça ne m'amusait pas jusqu'à ce matin.

— Et qu'est-ce qui a changé ce matin ?

— Tu n'es pas le seul à avoir des informations compromettantes. Il se pourrait bien que j'aie mis la main sur une de ces rumeurs dont tu parlais.

— Qu'est-ce que tu as découvert ?

— Pourquoi ne pas nous retrouver au Paradis Terrestre ce soir pour en parler ?

Un muscle tressauta sur la joue de Rafael. Son sourire vacilla une fraction de seconde avant de réapparaître.

— Tu connais l'adresse ? demanda-t-elle d'un air innocent.

Il hocha la tête.

— Je la connais, oui. Je suis membre du club comme beaucoup de gens à Las Vegas.

— J'ai entendu dire que tu n'étais pas seulement client de cet établissement.

Elle sourit en constatant qu'il ne disait rien.

— Pourquoi ne m'inscris-tu pas sur la liste des invités pour que nous puissions en discuter ?

Elle bluffait, persuadée qu'il allait lui rire au nez. Ou la menacer, qui sait ? Au lieu de ça, il se pencha vers elle. L'odeur épicée de son eau de toilette la troubla.

— Excellente idée. Rejoins-moi là-bas à 21 heures.

Ils étaient si proches qu'elle sentait son souffle sur son visage. Elle se revit dans le taxi, sur ses genoux, l'embrassant avec passion pendant qu'il la caressait de la façon la plus intime qui soit.

— Je meurs d'impatience, murmura-t-il. Et je sais que toi aussi.

Sa voix sourde et son regard brûlants étaient chargés de promesse. Jessica avait chaud partout et elle se dit que, s'il n'arrêtait pas très vite, elle allait prendre feu.

— Tiens donc ? demanda-t-elle avec défi. Qu'est-ce qui te fait croire ça ?

Il se rapprocha encore et elle retint sa respiration pour ne pas sentir son eau de toilette enivrante. À moins que ce ne soit son odeur naturelle ?

— Je sais que tu n'as pas oublié notre baiser ni mes caresses ni la pression de tes fesses contre mon sexe bandé.

Elle laissa échapper un cri étouffé. Elle avait eu le dessus pendant un court instant mais, d'une phrase, il venait de reprendre la main. Son sourire montrait qu'il en était parfaitement conscient.

Avec une facilité qui lui donna le tournis, il se redressa et redevint le candidat aux élections, poli, un peu distant, qu'elle connaissait. Il lui tendit la main et elle la serra machinalement. Un flash crépita.

— À ce soir, promit-il avant de se détourner.

Il s'éloigna dans la foule et elle poussa un soupir de soulagement tandis que Gordon, son directeur de campagne, la rejoignait.

— Je propose qu'on se réunisse ce soir pour discuter des enseignements de la journée et de la stratégie à adopter. Tu es d'accord ?

Elle secoua la tête pour se libérer de la transe dans laquelle Rafael l'avait plongée.

— Euh… Ce soir je ne peux pas, bafouilla-t-elle. J'ai une autre réunion.

Elle ignorait ce qui allait se passer au Paradis Terrestre mais, quoi qu'il arrive, il y aurait un avant et un après. Elle était partagée entre la peur, l'excitation de revoir Rafael, et la curiosité de découvrir à quoi ressemblait le club le plus fermé de Las Vegas.

Elle aurait pu se raconter des histoires et prétendre qu'elle allait se rendre là-bas pour s'assurer qu'il tiendrait parole et ne dévoilerait pas son secret. Mais elle savait bien que ce n'était pas vrai. Tout son corps brûlait au souvenir de leur baiser. Avoir une liaison avec Rafael Martinez serait une erreur mais aurait-elle la force de résister ? Sa faiblesse à l'instant n'était pas de bon augure. D'un autre côté, elle était célibataire et elle avait le droit de coucher avec qui elle voulait. Et Rafael lui plaisait. Énormément. Qui sait ? C'était peut-être le meilleur moyen de le faire sortir de ses pensées.

5

Au dernier étage de la tour BH, Rafael essayait de se concentrer sur son travail. Pour la énième fois de la soirée, il regarda sa montre. La trotteuse traçait tranquillement sa route, dessinant les minutes, les secondes, les *centièmes de seconde*, qui séparaient encore la grosse aiguille du chiffre neuf.

Il retourna à son ordinateur. Il était censé rédiger le discours qu'il prononcerait demain à la chambre de commerce, mais il ne parvenait pas à penser à autre chose qu'à la visite probable de Jessica le soir même au club. En fait, il avait été incapable de réfléchir à quoi que ce soit depuis leur rencontre cet après-midi. Elle n'avait rien promis mais il était certain qu'elle viendrait. Il avait demandé au vigile à l'entrée de l'avertir dès son arrivée.

Le téléphone sonna sur son bureau, lui arrachant un soupir agacé.

— Vous voulez que je réponde ? proposa Jillian, son assistante.

Elle travaillait à la longue table de conférence qu'il avait fait installer dans son bureau depuis le début de la campagne pour leurs réunions hebdomadaires. Elle préparait son emploi du temps de la semaine et, contrairement à lui, elle n'avait visiblement pas de problème de concentration. Jillian était efficace, réactive, débrouillarde. Il ne savait pas ce qu'il ferait sans elle.

— Je prends, dit-il en décrochant le téléphone. Rafael Martinez, que puis-je faire pour vous ?

— Je n'arrive pas à le croire ! fulmina Alex dans l'écouteur. Tu es toujours dans ton bureau ?

Rafael leva les yeux au ciel.

— Apparemment oui puisque je viens de te répondre.

— Rejoins-nous au club. Nous sommes tous là. Brett et Rebecca aussi, de retour de leur voyage de noces. On t'attend depuis des plombes !

Il mourait d'envie de descendre. Il n'avait pas pris le temps de se distraire depuis une éternité mais quand il voyait la pile de dossiers sur son bureau, il se disait que ce ne serait pas raisonnable.

— Désolé. J'espérais pouvoir me libérer, admit-il.

Il omit de préciser qu'il avait un rendez-vous ce soir. Avec Jessica. Il poussa un long soupir.

— Mais j'ai une tonne de choses à faire et un discours à écrire pour demain.

— Tu travailles trop. Il faut savoir lever le pied de temps en temps.

— Venant de toi, c'est savoureux, s'amusa-t-il.

Alex bossait autant que lui. Mais quand il décidait de faire la fête, il lâchait les chevaux.

— Je te préviens, si tu ne descends pas, c'est

nous qui montons ! menaça Alex. Vas-tu, oui ou non, sortir de ce fichu bureau ?

— Un directeur de campagne qui pousse son candidat à la paresse, c'est nouveau.

— Ma journée de travail est terminée, je ne suis plus ton directeur de campagne. C'est l'ami qui te parle.

Rafael ne put s'empêcher de rire. Alex avait un talent de persuasion auquel il était difficile de résister.

— Bon, d'accord. Accorde-moi trente minutes et je descendrai boire un verre. J'ai un rendez-vous un peu plus tard.

— Avec qui ?

— Privé, dit-il avant de raccrocher.

Il s'aperçut que Jillian le regardait.

— Allez-y, dit-elle. Je peux terminer le discours à votre place.

— Non.

— Vous avez besoin de souffler. Allez rejoindre vos amis.

— Merci, mais j'aime écrire moi-même mes discours. Et je crois que vous avez déjà une charge de travail écrasante.

— Mais je suis là pour ça. Pour faciliter la vie de mon candidat.

— Croyez bien que je l'apprécie. Vous êtes irremplaçable, Jillian.

— Vous travaillez trop.

— À croire que tout le monde s'est donné le mot, ce soir, marmonna-t-il. Très bien, je m'arrête. Je me lèverai plus tôt demain et j'écrirai mon discours dans la matinée. Vous devriez en faire autant.

— Je termine ce que je fais et je rentre chez moi.

— Bon.

Il avait peut-être des problèmes de concentration mais pas au point de ne pas remarquer que Jillian était fatiguée. Ils avaient tous besoin de faire un break.

— Bonne soirée, Jillian, dit-il en se dirigeant vers la porte.

— Merci. À demain.

Il emprunta l'ascenseur privé et descendit au rez-de-chaussée. Les portes s'ouvrirent sur l'univers enchanté du Paradis Terrestre et il regarda autour de lui, agréablement surpris de constater qu'il y avait beaucoup de monde pour un lundi soir.

Les meilleurs barmen de la planète s'activaient derrière l'immense bar. Des banquettes en velours, des boxes à hauts dossiers et des canapés profonds se lovaient dans la pénombre de la salle immense. Au premier plan, des tables astucieusement disposées par petits groupes permettaient de parler et de faire connaissance en buvant un verre ou en regardant les shows érotiques qui se déroulaient la nuit sur la scène centrale. Des hôtesses ravissantes, en robes courtes couleur or, prenaient les commandes des clients. À l'étage inférieur se trouvaient les salles d'exhibition, réservées aux membres qui souhaitaient réaliser leurs fantasmes les plus secrets. Mais l'endroit le plus fabuleux du club, tout au moins à ses yeux, c'était celui où se trouvaient les suites luxueuses mises à la disposition de ceux qui souhaitaient passer la nuit sur place ou profiter d'un peu plus d'intimité. Elles étaient équipées de tout ce dont peut rêver le plus exigeant des clients. Cependant, s'ils avaient des souhaits plus particuliers, ils n'avaient qu'à décrocher leur téléphone pour l'obtenir dans l'heure — à condition d'y mettre le prix. Le Paradis Terrestre n'était ouvert que depuis deux ans, mais c'était la plus lucrative de toutes leurs entreprises et elle avait ajouté quelques zéros sur leurs comptes en banque.

Il traversa la salle, repérant au passage des visages bien connus du public. Qu'ils soient célèbres ou anonymes, ils avaient tous en commun le désir de protéger leur vie privée et c'était une assurance que leur garantissait le Paradis Terrestre. Ici, ils pouvaient assouvir leurs envies sans qu'on porte de jugement sur eux et sans craindre de voir leurs fantasmes ou leur orientation sexuelle révélés au public. Tout le monde connaissait le club de nom mais peu y avaient accès et ils étaient encore moins nombreux à savoir ce qui s'y passait. Aucun invité n'était autorisé à entrer sans avoir reçu au préalable l'aval des propriétaires — c'est-à-dire lui-même et ses quatre associés.

Roulant les manches de sa chemise sur ses avant-bras, il se dirigea sur le balcon en étage où se trouvait leur table attitrée. De là, ils avaient une vue plongeante sur leur royaume. Ils étaient tous arrivés : Alex, Alana, Gabe, Brett et Rebecca, son épouse depuis peu. Il salua tout le monde d'un sourire et prit la chaise laissée vide pour lui.

Sans même qu'il ait eu besoin de demander, une serveuse déposa devant lui un petit verre à dégustation rempli de son scotch préféré.

— Merci, Beth.

Il ne s'occupait pas du recrutement, c'était le travail d'Alana, mais il mettait un point d'honneur à se rappeler le prénom de chaque employé.

— Avec plaisir, monsieur Martinez.

— On dit monsieur le maire, corrigea Gabe d'un ton faussement outré.

— Tu es pénible, Gabe, dit Alana. Ne faites pas attention à lui, Beth.

— Toutes mes excuses, *monsieur Foster*, répondit la jeune femme d'un ton poli, un brin ironique.

— On dit maître Foster, rectifia-t-il en agitant les sourcils.

Ils éclatèrent tous de rire, Beth incluse. Elle s'éloigna ensuite d'une démarche chaloupée que le jeune avocat suivit d'un œil appréciateur. Rafael observa ses amis. Ils étaient visiblement tous de très bonne humeur. À en juger par le nombre de verres vides sur la table, la soirée avait commencé depuis pas mal de temps.

Ils formaient un groupe soudé qui partageait tout, les succès comme les défaites. Alex était son ami d'enfance. Ils avaient rencontré Brett au lycée puis Gabe et Alana à l'université. À l'époque, ils ne pensaient pas à faire la fête. Ils étaient tous dévorés d'ambition, pressés de devenir des entrepreneurs, d'ouvrir leur cabinet, de montrer à Las Vegas de quoi ils étaient capables ! Ils étaient prêts à travailler nuit et jour pour atteindre leur objectif. En discutant, ils s'étaient découvert un tas de points communs et en quittant l'université, ils avaient eu l'idée de conjuguer leurs forces et leurs talents, de développer leurs entreprises en partenariat et de réinvestir ensemble leurs bénéfices. Leur réussite était le fruit d'un effort collectif et Rafael savait que sans ses amis il n'en serait pas là aujourd'hui. Ils se soutenaient mutuellement et veillaient les uns sur les autres quand la pression devenait trop lourde. Ce qui arrivait. Souvent.

Le travail était leur priorité mais cela ne voulait pas dire qu'ils ne savaient pas s'amuser. Surtout maintenant qu'ils avaient réussi à s'imposer dans le milieu des affaires. Ils étaient encore jeunes, riches, pas trop mal physiquement, et quand ils avaient fini leur boulot, quelle que soit l'heure, ils venaient au club décompresser autour d'un verre, discuter, et se distraire avec des filles.

Rafael avala une gorgée de scotch.

— Comment se passe la campagne, monsieur le maire ? demanda Gabe.

— Jusqu'ici ça va, mais ne vendons pas la peau de l'ours…

Il n'était pas superstitieux mais il préférait ne pas fanfaronner avant l'heure.

— Je ne suis pas encore élu.

— Je ne vois pas comment la victoire pourrait

t'échapper. Thompson t'a quasiment désigné comme son successeur.

— La spécificité d'une démocratie, c'est que ce sont les électeurs qui décident. Et pour le moment je suis au coude à coude avec Jessica Morgan.

Il serra les poings sous la table. Le seul fait de prononcer son nom le faisait trembler.

— Elle a siphonné le vote des femmes et des jeunes.

Il avait passé des heures à essayer de trouver une parade avec son équipe. Mais sincèrement il ne voyait pas comment remonter son handicap vis-à-vis de l'électorat féminin, à part en jouant de son charme et il ne voulait pas gagner de cette façon.

— Elle doit bien avoir une faille, dit Brett.

— Je n'en sais rien. Mon détective privé n'a rien trouvé sur elle, répondit-il brièvement en buvant une autre gorgée de whisky.

Il croisa le regard d'Alex par-dessus son verre et l'avertit silencieusement de ne rien dire. Heureusement, son ami garda le silence.

Alana et Rebecca lui lancèrent un regard outré.

— Tu as fait mener une enquête sur elle ? demanda Alana d'un ton incrédule.

— C'est le jeu. Je ne peux pas me battre si je ne connais pas mon adversaire.

— Je trouve ça franchement glauque.

— C'est la politique qui est glauque. Peut-être plus encore que le milieu des affaires. Ne sois pas naïve. C'est comme ça que ça marche. Je me renseigne toujours sur un client avant de signer un contrat. C'est le seul moyen d'éviter les mauvaises surprises.

— Mais tout le monde a sa part d'ombre, même toi, lui rappela Alana en montrant le décor de la main.

Rafael avait caché ses liens avec le club et avec toutes les entreprises dont il était actionnaire à parts égales avec ses associés. Sa participation aux opérations de The Brotherhood était placée dans un fonds fiduciaire sans droit de regard, les autres membres en étant mandataires. C'était discutable sur le plan de l'éthique mais totalement légal. Sur le papier, il n'avait aucun lien avec la direction ou la gestion des différents actifs. Quant au Paradis Terrestre, son nom n'apparaissait même pas sur l'acte de propriété. Il avait un simple statut d'invité avec une carte de membre VIP.

Il haussa les épaules.

— Ce n'est pas un problème.

Et pourtant Jessica avait découvert ses liens avec le club, il en était quasiment sûr. Il jeta un coup d'œil à sa montre. 20 h 45. Dans quinze minutes, il serait fixé.

— Je ne pense pas que tu aies à t'inquiéter de Jessica Morgan, dit Alex. Elle est quasiment inconnue et elle n'a pas tes relations. Tu fais partie du conseil municipal depuis combien de temps ? Dix ans ? Tu venais juste de quitter l'université quand tu y es entré. Cette fille sort de nulle part. La confiance jouera en ta faveur.

Il ne voulait pas plomber l'ambiance mais c'était ce qui l'inquiétait le plus : le fait qu'elle soit inconnue et qu'elle ait déjà réussi à creuser l'écart dans les sondages. C'était inédit qu'un outsider caracole en tête avec seulement deux ans d'expérience.

— Ce n'est pas si simple. Je ne serai pas rassuré tant que je ne serai pas installé dans mon fauteuil de maire.

Jessica n'était pas entrée en politique depuis longtemps. Elle n'avait aucune formation. Elle était pleine de bonne volonté et elle voulait sincèrement aider les gens, il la saluait pour ça. Mais ses rêves allaient se briser sur la dure réalité.

Il but une autre gorgée de whisky en songeant à elle. C'était sa principale occupation, depuis le début de sa campagne. Sauf que la situation avait changé. Il l'avait embrassée, caressée. Elle avait eu un orgasme contre lui. Son sang bouillonna dans ses veines tandis qu'il la revoyait sur scène, chez Charlie's, puis sur ses genoux à l'arrière du taxi. Il savait qu'il l'avait troublée aujourd'hui à la réunion avec les étudiants.

Il prit une profonde inspiration et regarda ses camarades. À l'exception de Brett, qui murmurait quelque chose à l'oreille de Rebecca, ils consultaient tous l'écran de leur téléphone portable. C'était plus fort qu'eux. Ils ne se déconnectaient jamais vraiment du travail. Où qu'ils soient, il y avait toujours un contrat à décrocher, un projet de construction à développer, un restaurant à gérer, une campagne à gagner.

Les lumières du club se tamisèrent et les élégantes torches sur les murs flamboyèrent, projetant des lueurs chaudes et mouvantes dans la salle. Le brouhaha des conversations baissa. Il était presque 21 heures, l'heure où l'atmosphère du club devenait plus érotique, plus chargée de mystère. Les couples se formaient, se caressaient, s'embrassaient. Certains quittaient les lieux pour se rendre dans l'une des suites, à l'étage, ou dans les salles d'exhibition, au sous-sol.

Il y avait bien longtemps que Rafael n'avait pas profité des plaisirs proposés par le club. Il fixa du regard l'une des torches. Le feu, la chaleur ramenèrent une fois de plus ses pensées vers Jessica. Elle était vivante, ardente, et il savait que s'ils couchaient ensemble, sa passion le consumerait entièrement. C'était une bonne raison pour la tenir à distance mais il savait qu'il n'en ferait rien. Il finit son scotch d'une gorgée et tourna son regard vers la porte.

Comme si son désir l'avait invoquée, elle apparut. Jessica Morgan était ici, en personne, dans son club.

6

Jessica prit une grande inspiration avant d'apposer sa signature sur le contrat digital et de rendre la tablette au cerbère en faction devant l'entrée. Que se passait-il donc derrière ces murs pour qu'on ait mis en place une clause de confidentialité ?

Désormais liée par un pacte de silence, elle avança d'un pas faussement assuré vers le rideau noir qui masquait l'entrée du club. En réalité, elle mourait d'envie de tourner les talons. Mais elle était portée par une volonté plus forte que la sienne. Son orgueil ? Non. Elle avait beau se répéter qu'elle était seulement venue dire à Rafael qu'il pouvait aller se faire voir parce qu'elle connaissait son noir secret, elle savait bien que ce n'était pas vrai. Elle était là parce qu'elle le désirait comme une folle, au point de ne plus pouvoir penser à autre chose. Elle avait déjà annulé une réunion avec son directeur de campagne, ce soir. Qu'allait-elle encore sacrifier à cause de cette obsession ? Dieu, elle détestait cette faiblesse, mais il fallait regarder la vérité en face :

pourquoi serait-elle venue ici, dans son club libertin, si ce n'était pour passer la nuit avec lui ?

Relevant le menton, elle franchit le rideau que le portier écartait devant elle. Une musique hip-hop l'accueillit dès son entrée et elle marqua instinctivement le rythme du bout du pied avant de réaliser que personne ne dansait. La salle était immense et pourtant le décorateur avait réussi à créer une atmosphère intime et feutrée.

Des boxes blottis contre le mur du fond formaient des bulles privées où des groupes de deux, trois, voire cinq personnes s'embrassaient ou se livraient à des échanges amoureux. Le mur opposé était occupé par un bar immense. Elle s'y dirigea et aperçut au passage des visages célèbres — des sportifs, des stars, des notables de la ville… Pendant un instant, elle paniqua à l'idée qu'on la reconnaisse mais personne ne sembla faire cas de sa présence. Rassurée, elle se percha sur un tabouret et commanda un verre de vin blanc à l'un des barmen. Elle aurait volontiers vidé la bouteille entière pour se donner du courage mais mieux valait se contenter sagement d'un verre.

Elle avait mis du temps à se préparer. Après avoir longuement hésité, elle avait opté pour une petite robe noire sans manches, toute simple, et une paire d'escarpins assortis. Elle avait mis son soutien-gorge push-up préféré et un string en dentelle. Elle se sentait à la fois féminine et combative dans cette tenue. Restait à espérer que ce serait toujours le cas face à Rafael.

Elle trempa ses lèvres dans son verre tout en

regardant autour d'elle. Était-il là ? Elle était un peu en avance mais il était trop tard pour ressortir et repasser plus tard. Et s'il ne venait pas ? Cette pensée la pétrifia. Il avait peut-être voulu la mettre dans l'embarras en la laissant attendre au vu et au su de tout le monde…

— Pourquoi es-tu si nerveuse ?

Elle reconnut sa voix et tressaillit. Elle pivota sur son tabouret et se retrouva face à Rafael Martinez.

— Une femme aussi belle et sensuelle que toi est complètement à sa place ici.

Impossible de ne pas frissonner en entendant ses inflexions basses et profondes.

— Je ne suis pas nerveuse.

Le sourire de Rafael était arrogant et elle fut partagée entre l'envie de le gifler et celle de l'embrasser. D'un geste très doux, il caressa du pouce sa lèvre inférieure puis inclina son visage et posa ses lèvres sur les siennes pendant une fraction de seconde.

— Pour une femme politique, tu contrôles plutôt mal tes émotions.

Elle faillit soupirer au contact de ses lèvres mais se ressaisit.

— Et toi tu es beaucoup trop sûr de toi.

La barmaid posa devant lui un petit verre rempli d'un liquide ambré qu'il n'avait pas commandé et il s'assit près d'elle. Il but une gorgée et sourit de nouveau. Le parfum de son eau de toilette flotta autour d'elle comme un lien invisible.

En dépit de l'atmosphère lourde et sensuelle du lieu et du désir qui la tenaillait, Jessica eut un instant de lucidité. Non, elle ne pouvait pas faire ça. Elle n'aurait jamais dû se trouver là.

Elle se laissa glisser du tabouret.

— J'ai fait une erreur en venant ici.

Il posa la main sur son bras pour l'arrêter. Sa peau s'électrisa et leurs yeux se soudèrent.

— Il vaut mieux que je m'en aille, insista-t-elle. Promettons-nous mutuellement de ne jamais révéler ce que nous avons découvert l'un sur l'autre et refermons la parenthèse.

— Reste.

L'ordre était bref, sa voix basse mais autoritaire. Elle se détestait d'être aussi faible mais elle se rassit lentement, sans le quitter du regard.

— Merci, dit-il.

Ils portèrent leurs verres à leurs lèvres tout en s'observant.

— J'aurais dû deviner que tu étais derrière le Paradis Terrestre, murmura Jessica.

— Que sais-tu exactement ? demanda Rafael.

Elle posa son regard sur un box où un homme embrassait deux femmes à tour de rôle tout en dégustant un champagne hors de prix.

— Seulement ce qu'en dit la rumeur. C'est un club libertin où il se passe des choses torrides.

— La plupart de nos clients viennent ici pour se libérer des contraintes du quotidien. Le sexe est un excellent remède contre le stress.

Il la regarda dans les yeux.

— C'est la raison de ta visite ? Tu as besoin d'un dérivatif pour oublier la pression de la campagne ?

Il esquissa un sourire.

— Ou alors tu as aimé notre tête-à-tête dans le taxi et tu as envie de baiser ?

Elle mit un point d'honneur à ne pas riposter. Il était direct mais elle pouvait l'être aussi.

— Peut-être, dit-elle en levant son verre. Il se peut que je sois venue chercher un partenaire d'un soir, en effet. Tu sais quoi ? Tu devrais retourner à tes occupations. Tu fais fuir mes prétendants.

— Donne-moi une raison pour laquelle je devrais céder ma place à un autre ?

— Parce que je te le demande, peut-être ?

— J'étais là le premier. Au cas où tu aurais oublié, je t'ai demandé de me laisser monter dans ta chambre samedi soir et tu as refusé.

Il lui effleura la joue d'une caresse.

— Et si je te faisais la même proposition maintenant ?

Elle recula sur son tabouret et regarda rapidement autour d'eux. Son corps mourait d'envie d'accepter mais sa raison résistait.

— Et si on nous voit ensemble ?

— Aucune importance.

Il posa sa main sur la sienne.

— Les gens sont libres de faire ce qui leur plaît, ici.

D'un petit signe du menton il lui fit signe de regarder derrière elle. Tournant la tête, elle vit un homme d'affaires et un présentateur télé connus monter côte à côte un escalier sur sa gauche. Ils se tenaient amoureusement par la main.

— C'est… C'est vraiment *eux* ?

Rafael hocha la tête.

— Ils n'ont pas fait leur coming-out pour des raisons qui ne regardent qu'eux. Mais ils se retrouvent régulièrement ici. Il n'y a pas un seul autre endroit en ville où ils pourraient afficher leurs sentiments l'un pour l'autre.

— Et personne ne va communiquer l'info à la presse ?

— Non. Avant d'entrer, comme tu as pu le voir, tout le monde signe une clause de confidentialité. C'est un engagement inviolable. Nous avons une équipe d'avocats qui veillent à le faire respecter. Cet endroit est sûr. Personne ne se soucie de savoir qui est avec qui. On peut être soi-même, rencontrer des collègues, discuter affaires, mais aussi réaliser ses plus secrets désirs. Les gens viennent parce qu'ils savent que leur vie privée le restera.

Jessica hocha la tête. Si elle avait l'opportunité de vivre sa passion pour la danse tout en continuant à faire de la politique, elle la saisirait sans hésiter. Mais elle doutait d'avoir les moyens de s'offrir une carte de membre.

— Viens, dit-il. Allons dans un endroit plus tranquille.

Plusieurs secondes s'écoulèrent sans qu'elle dise un mot, et il se demanda si elle n'allait pas simplement se lever et tourner les talons. Puis elle hocha la tête dans un mouvement bref, presque imperceptible, et descendit du tabouret.

Il posa la main au creux de ses reins mais n'insista pas quand elle rompit le contact en marchant deux pas devant lui. Il la guida vers l'escalier menant à son appartement. Ses amis avaient tous installé une chambre dans leur bureau, pas lui. Il aimait avoir de l'espace pour travailler et il tenait à mettre une frontière entre sa vie professionnelle et sa vie privée.

Il se sentait aussi nerveux qu'un adolescent. Il ne parvenait pas à détacher son regard du balancement des hanches de Jessica sous sa robe. Il était hypnotisé par la façon dont le tissu ondulait sur ses cuisses à chacun de ses mouvements, soulignant le corps magnifique qu'il avait vu danser sous les projecteurs.

Il allongea le pas pour la rattraper et posa doucement la main sur sa hanche en arrivant devant la porte de sa suite. Il sentit son regard sur lui tandis qu'il sortait sa clé magnétique de la poche de sa veste pour ouvrir la porte. Il s'effaça pour la laisser passer.

L'éclairage automatique s'alluma et une lumière chaude et tamisée, rappelant celle des chandelles, se répandit dans la pièce. La suite était luxueuse, confortable. Un canapé, deux fauteuils et une table basse formaient le coin salon. Au fond, derrière un paravent laqué, on devinait un grand lit, flanqué de deux tables de nuit modernes. Une porte entrouverte menait à une salle de bains avec une douche. Il y avait aussi un petit frigo et un minibar.

Elle éclata de rire, le laissant interdit. Ce n'était pas la réaction à laquelle il s'attendait.

— Pourquoi ris-tu ?

— Mon Dieu, je suis tellement stupide !

— Comment ça ?

— Ma carrière et ma réputation seraient probablement ruinées si on apprenait que je fais de la pole dance mais personne ne bougerait un cil en voyant ta… Je ne sais même pas comment appeler cet endroit. Ton temple du sexe ?

Cette fois, ce fut lui qui éclata de rire.

— Ce n'est pas un temple du sexe.

Il se dirigea vers le minibar, sortit une bouteille de vin.

— Cabernet sauvignon ?

Elle hocha la tête et il servit deux verres avant de lui en tendre un. Leurs doigts se touchèrent et un courant d'électricité statique crépita entre eux. Quand leurs regards se croisèrent, il sut qu'elle l'avait senti, elle aussi. Elle recula très vite la main et s'assit sur le canapé tout en portant son verre à ses lèvres.

— Pourquoi as-tu une chambre dans ton club si ce n'est pas pour y amener des filles ?

— Ça m'arrive, concéda-t-il avec un sourire nonchalant en s'asseyant près d'elle. Mais l'explication est beaucoup plus terre à terre : je dors ici quand je travaille tard. Mon bureau est au dernier étage de l'immeuble.

— Tu as un bureau ici ? En plus de celui de la mairie ?

— Je préfère celui-ci. Il est immense, confortable et il dispose de toute la technologie dont je peux avoir besoin. C'est également mon QG de campagne. Avoir un endroit où dormir à proximité est un vrai luxe.

Elle le dévisagea, comme si elle avait le pouvoir de lire en lui.

— Tu ne me dis pas tout, n'est-ce pas ? J'ai découvert que tu étais propriétaire des lieux. En réalité, tu as toujours des parts dans l'affaire, c'est ça ?

Elle était douée.

Comme il ne répondait pas, elle sourit d'un air triomphant.

— Ça ne s'appellerait pas un conflit d'intérêts, monsieur le candidat à la mairie ?

Il se raidit. Il connaissait son secret mais il ne voulait pas qu'elle en apprenne trop sur lui.

— Si je suis élu, je resterai propriétaire de mes entreprises mais ma participation sera plus limitée. Mes intérêts sont placés dans une fiducie sans droit de regard. Je n'ai pas mon mot à dire sur la façon dont mes actifs sont gérés.

C'était la vérité et elle ne pouvait pas contester la légalité du dispositif.

— Et comment les électeurs vont-ils réagir en apprenant que tu es le propriétaire d'un club libertin ? L'un des plus torrides de la ville, à ce que j'ai entendu dire. Selon certaines rumeurs il se passe des choses très spéciales derrière les portes…

— C'est bien pour ça que nous les gardons fermées.

Il sourit malicieusement.

— Honnêtement, très peu de personnes sont au courant des liens que j'ai avec le club. Mon nom ne figure pas sur les actes de propriété. Je ne sais même pas comment tu as pu le découvrir.

Le détective privé de Jessica était manifestement aussi doué que le sien.

— Mais tu as raison, le fait est que je suis toujours actionnaire. Les électeurs ? Je suppose qu'ils ne seraient pas ravis de l'apprendre. Mais le Paradis Terrestre n'a rien de sulfureux. C'est juste un lieu sécurisé où des gens comme toi et moi peuvent venir vivre leurs fantasmes secrets sans se soucier des regards.

— Si ça n'a rien de sulfureux dis-moi ce qui se passe exactement derrière les portes closes ?

Rafael posa son verre sur la table basse.

— C'est le moment où je dois te rappeler la clause de confidentialité que tu as signée avant d'entrer. Tu ne peux pas utiliser ces informations pendant la campagne. Si tu le fais, nos avocats te crucifieront dans la seconde. Ils sont à la hauteur du salaire que nous leur versons.

— Je ne le dirai à personne. J'espère que tu me renverras l'ascenseur et que tu feras preuve de la même discrétion à mon égard ?

Elle pouvait être tranquille, il n'avait pas l'intention de révéler son secret. Éludant sa question, il se lança dans la présentation du club.

— La grande salle du rez-de-chaussée sert de lieu de rencontre. Les clients peuvent discuter, danser ou assister à des shows érotiques. Plus la nuit avance, puis l'ambiance devient chaude. Nous organisons également des dîners et deux fois par an une soirée mascarade.

Elle semblait sincèrement captivée et il poursuivit ses explications en évoquant les salles de spectacle au sous-sol et les suites privées comme celle où ils se trouvaient.

Elle regarda autour d'elle.

— Tu reçois des femmes dans cette chambre ?

— Parfois.

— Pourquoi m'as-tu conduite ici ? Pourquoi pas dans ton bureau ?

— Tu es une femme intelligente. Je pense que je n'ai pas besoin de t'expliquer pourquoi je t'ai amenée ici. J'ai envie de toi. Je n'ai pas cessé de penser à toi depuis San Francisco.

— Moi aussi.

Un sourire effleura les lèvres de Jessica.

— Je sais, dit Rafael. Voilà pourquoi je ne t'ai pas emmenée dans mon bureau. Tu es là où nous voulions être tous les deux.

Ils dégustèrent leur vin en silence.

— Je t'ai dit pourquoi je t'avais invitée ce soir. Maintenant, dis-moi pourquoi tu es venue ?

S'il en croyait le langage de son corps, la robe qu'elle avait choisie et la façon dont elle le dévorait du regard, la réponse était évidente. Mais il voulait le lui entendre dire.

— Je voulais que tu saches que moi aussi je connais ton secret.

Comme il n'avait pas l'air convaincu par son explication, elle hésita.

— En fait, j'étais stressée.

— Stressée ? demanda-t-il en rapprochant d'elle sur le canapé.

Elle se tourna vers lui, s'humecta les lèvres et sourit.

— Tu avais raison, la campagne est rude. Le débat approche. J'ai peut-être besoin de décompresser.

Elle se tourna plus franchement vers lui et baissa la voix.

— Tu comprends ?

— Oui.

Il mourait d'envie de l'embrasser. Il ne pensait qu'à ça depuis des jours. Il inclina son visage vers le sien mais, alors que ses lèvres n'étaient qu'à quelques millimètres des siennes, elle recula.

— Attends.

— Il y a un problème ?

— Oui. Non.

Elle secoua la tête.

— Je ne sais pas. Il faut que je réfléchisse.

— J'ai envie de toi. Je pensais que c'était réciproque. À quoi veux-tu réfléchir ?

— Ce n'est pas aussi simple. Nous sommes adversaires.

— C'est là où tu te trompes. Il n'y a rien de plus simple, de plus élémentaire que le désir.

Il lui caressa le bras avec un doigt.

— Laisse-toi porter par ton envie. Profite du moment présent. Cette nuit est à nous. Nous pourrons toujours recommencer à nous détester demain.

— Promis ?

Elle se mit à rire.

— Se laisser porter. J'aime bien cette idée.

Rafael finit son verre d'une gorgée et prit la bouteille pour se resservir. Il se tourna vers elle.

— Tu en veux ?

Elle s'aperçut que son verre était vide et le lui tendit en hochant la tête.

Il l'avait emmenée dans sa suite pour être sur son territoire et contrôler la situation. Comme toujours, il avait voulu que tout se passe selon ses règles, mais il se rendait compte que ce ne serait pas aussi facile. Il s'adossa de nouveau aux coussins tout en veillant à ne pas empiéter sur la zone de confort de Jessica.

— Quelles sont tes conclusions ? demanda-t-il.

Elle garda le silence. Visiblement, elle réfléchissait à toute vitesse. Cette femme pensait beaucoup trop.

Il l'observa. Elle se mordit la lèvre inférieure comme il l'avait vu faire quand elle était entrée dans le club. Le geste l'excitait mais il lui donnait aussi l'impression qu'elle était timide et vulnérable. Il savait pourtant qu'elle n'était ni l'un ni l'autre.

— C'est une mauvaise idée, répondit-elle enfin.

Pourtant elle se rapprocha de lui, réduisant l'espace qu'il lui avait laissé.

— Je sais, oui.

Ils étaient tout proches l'un de l'autre, maintenant. Si proches que Rafael sentait la poitrine de Jessica effleurer son torse à chacune de ses respirations. Céder à l'attirance qui les poussait l'un vers l'autre aurait de lourdes conséquences sur l'avenir, il en était conscient. Mais il s'en inquiéterait plus tard.

— Mais c'est inévitable, non ? Question d'alchimie. Nous n'y pouvons rien, ni toi ni moi.

— Je suppose que pour une nuit, nous pourrions faire abstraction de tout ce qui nous oppose, admit-elle. Être seulement un homme et une femme physiquement attirés l'un par l'autre.

Elle posa la main sur son sexe dur comme la pierre sous son jean.

— Si j'en crois ce que je sens, tu es d'accord avec moi, dit-elle.

Ses doigts étaient comme des couteaux brûlants sur son entrejambe et il essaya de déglutir pour avaler la boule de désir qui s'était formée dans sa gorge. Il ne s'était jamais senti aussi déstabilisé par une femme. Jessica était un défi pour lui.

— Mais que ce soit bien clair, précisa-t-elle. Je ne t'aime pas du tout. Tout ce que je veux, c'est du sexe.

Il éclata de rire. Il n'était pas certain de l'aimer non plus. Mais il la respectait et… il la désirait.

— Marché conclu, dit-il en souriant.

7

Avant qu'elle puisse changer d'avis, il écrasa sa bouche sur la sienne avec une passion qui lui coupa le souffle, puis il la renversa sur les coussins et se laissa glisser à genoux sur le sol. Relevant sa robe, il fit descendre son string le long de ses jambes.

— Quelque chose m'obsède depuis samedi soir, dit-il en levant les yeux vers elle.

Elle déglutit.

— Quoi donc ?

— La saveur qu'aura ton sexe sous ma langue.

Sans attendre une seconde de plus, il lui saisit les fesses et l'attira à lui. Elle s'ouvrit spontanément et gémit quand il colla sa bouche sur son intimité chaude et humide. Son murmure approbateur vibra au plus profond de son être.

Il avait l'habileté d'un démon. Il savait exactement où la toucher et comment lui faire soulever les hanches pour aller au-devant de lui. Il utilisait ses lèvres, sa langue et même ses dents pour la rendre folle de plaisir et la faire onduler sous ses assauts délicieux. Au moment où elle pensait ne plus pouvoir tenir, il glissa deux doigts en elle, les incurvant pour toucher son point G.

— Oh Seigneur, balbutia-t-elle en basculant la tête en arrière et en soulevant frénétiquement les hanches.

Il ne lui laissait aucun répit, l'amenant sans cesse plus haut, plus loin, jusqu'à ce qu'elle ne puisse plus ni respirer ni bouger. Elle était au bord de ce qui s'annonçait comme un orgasme paroxystique.

— Rafael, haleta-t-elle d'une voix à peine audible.

C'était à peine si elle pouvait parler.

Il leva les yeux vers elle. Son regard sombre brûlait de passion mais un sourire plissait le coin de ses paupières. Il faisait du bon boulot et il le savait. Il faufila un doigt entre ses fesses et observa sa réaction tandis qu'elle retenait son souffle, la bouche entrouverte. C'était trop, il lui était impossible de tenir plus longtemps. Comme un ressort remonté à l'extrême, elle céda. Rejetant la tête en arrière, elle cria tandis qu'un éclair de lumière passait devant ses yeux. Tout son corps se contracta et elle enfouit ses mains dans ses cheveux pour le maintenir contre elle, bougeant les hanches pour décupler son orgasme et prolonger son plaisir. Il gémit contre sa chair brûlante et la vibration se répandit en elle, déclenchant une nouvelle vague de volupté.

Ensuite, il se redressa, l'allongea sur les coussins et se coucha sur elle. D'un réflexe, elle enroula ses jambes autour de ses hanches et l'enserra entre ses cuisses. Elle se rendit compte que sa respiration était aussi rapide et saccadée que la sienne.

— Dieu, Jessica, lui gémit-il à l'oreille. Tu es fabuleuse.

— J'allais te dire la même chose.

Elle était épuisée, comblée, sans forces et quand il l'embrassa elle goûta sa propre saveur sur ses lèvres.

— Prête pour la suite ?

Elle hocha machinalement la tête, encore secouée par la violence de son orgasme. Elle l'entendit s'esclaffer tout bas et ferma les yeux, savourant la sensualité de son rire.

Il prit ses seins dans ses paumes et elle soupira de bonheur. Ses mamelons dressés pointaient sous sa robe. Il baissa la tête et happa un bourgeon gonflé entre ses lèvres, lui tirant un cri. Elle l'observa tandis qu'il la léchait à travers le vêtement. Sa langue la brûlait et elle se demanda ce que ce serait quand il toucherait sa peau nue. Ses caresses, son odeur, son corps contre le sien étaient plus enivrants que tout ce qu'elle avait imaginé.

Il releva brièvement la tête, la respiration saccadée, et ils restèrent hypnotisés tous les deux par la marque humide que sa bouche avait laissée sur le tissu.

— Zut, souffla-t-il. Je voulais prendre mon temps avec toi.

Il pressa fiévreusement sa bouche sur son cou, son visage, ses lèvres. Sa barbe naissance râpait le visage de Jessica et une onde électrique la parcourut, trouvant un écho directement dans son entrejambe. Il reprit sa bouche dans un baiser passionné qu'elle lui rendit avec la même fièvre, donnant autant qu'elle recevait. Il enflammait chaque parcelle de son corps.

D'un geste impatient, il fit passer sa robe par-dessus sa tête et dégrafa son soutien-gorge. Elle était nue sous lui alors qu'il était toujours habillé. Elle voulait sentir sa peau, ses muscles durs sous ses doigts. Elle défit les boutons de sa chemise avec une hâte maladroite, empoignant le tissu à pleines mains pour le sortir du pantalon. Ses efforts furent récompensés quand elle dévoila son torse et ses larges épaules. Il était magnifique. Tout en muscles saillants sous une peau lisse et halé. Une fine toison noire couvrait son torse et descendait vers son ventre dur et plat.

— Tu aimes ce que tu vois ? demanda-t-il d'un ton amusé.

— Énormément.

Il lui saisit les fesses pour l'attirer à lui et elle sentit son sexe raide contre son entrejambe nu. Elle se tortilla pour se rapprocher encore. Elle avait déjà eu un orgasme, mais elle était avide de le sentir en elle.

— Je sais que nous ne sommes qu'à quelques pas d'un vrai lit, chuchota-t-il contre sa peau. Mais dans l'état où je suis, je ne peux pas attendre une seconde de plus.

D'humeur taquine, Jessica saisit son sexe bandé à travers son pantalon. Elle le pressa et il tressauta en serrant les dents.

— Je vois ça, dit-elle sans relâcher son étreinte.

Il semblait énorme dans sa main et elle était aussi impatiente que lui.

— Et j'ai hâte de le sentir en moi.

— Tu me rends dingue, souffla-t-il en la regardant.

Elle était immobilisée sous lui et même si elle l'avait voulu, elle n'aurait pas pu bouger. Il dégrafa sa ceinture, descendit sa braguette, attrapa son portefeuille et en sortit un préservatif. Elle était ébahie par le nombre de choses qu'il arrivait à faire d'une seule main et se mordit la lèvre quand il déchira la pochette avec ses dents.

Elle fut incapable de détourner les yeux tandis qu'il baissait son pantalon et son boxer. Son sexe se dressa, impressionnant. Il était énorme, parfait, et il était tout à elle. Elle s'humecta les lèvres, pleine de regret. Elle mourait d'envie de le goûter mais elle n'en aurait jamais l'occasion puisque ce n'était qu'un coup d'une nuit. Elle retint son souffle pendant qu'il déroulait le latex sur son sexe bandé puis il la prit par les hanches pour l'attirer à lui.

Il entra en elle d'une seule poussée et elle ferma les yeux pour mieux savourer la sensation. Avec un grondement sourd, il se redressa et la souleva, agrippant l'arrière de ses cuisses, utilisant la seule force de ses bras pour la faire aller et venir sur lui, l'empalant sur son sexe, Elle n'avait jamais rien connu de tel. Il possédait une force herculéenne et il exerçait un tel contrôle sur lui-même qu'elle en aurait été abasourdie si elle n'avait été totalement consumée par le plaisir.

Sans la lâcher et sans ralentir le rythme, il l'allongea de nouveau sur le canapé. Ils ne se quittaient pas des yeux, connectés l'un à l'autre par une flamme d'une incroyable intensité.

Jessica sentit tout son corps se contracter. Ses cuisses agrippèrent la taille de Rafael tandis que les coups de reins devenaient plus rapides et plus fébriles. Une vague de chaleur déferla sur elle et elle se cambra, criant de plaisir juste comme il atteignait à son tour l'orgasme et mêlait sa voix à la sienne. Il s'immobilisa au-dessus d'elle, appuyé sur les coudes, butinant la petite veine qui pulsait sur son cou, son souffle brûlant attisant sa peau en feu.

— Bon sang, chuchota-t-il. C'était fou !

— Tu m'as tuée, souffla-t-elle, épuisée.

Elle réussit à se redresser pour s'asseoir près de lui.

Il lui tendit son verre de vin et elle le prit avec plaisir, le serrant entre ses doigts tremblants. Elle le vida d'une traite. Son rire étouffé flotta dans le silence, d'une sensualité dévastatrice.

— Tu en veux encore ?

— Tu parles du vin ? demanda-t-elle, sachant que s'il parlait de sexe elle ne pourrait pas refuser.

— En fait, oui, dit-il en se levant.

Elle s'émerveilla qu'il parvienne à marcher. Elle était sans forces.

— À moins que tu ne sois prête pour un autre round ?

— Je ne suis pas sûre d'être en état, admit-elle.

Elle fronça les sourcils quand il enfila son pantalon, soustrayant trop vite à son goût son corps splendide à sa vue.

— Si tu venais tout nu au débat, tu serais élu haut la main, murmura-t-elle.

Il éclata de rire.

— Oh ! je ne sais pas. Il faudrait que tu en fasses autant pour qu'on s'affronte à armes égales et je ne pourrais plus me concentrer. Et tu l'emporterais.

— Ah, tu m'as percée à jour.

Elle rit et rassembla ses affaires. Comme elle se glissait dans sa robe, elle vit qu'il l'observait.

— Quoi ?

— Toujours nerveuse ?

Oui.

— Non.

Elle sourit.

— Ma tension s'est envolée. Et toi ?

— Plus aucune trace de stress.

Il sourit tout en boutonnant sa chemise.

— Tu m'apprécies un peu plus qu'avant ?

Elle secoua la tête en souriant.

— Non. Mais tu es vraiment bon au lit.

— C'est déjà quelque chose. Nous aurons peut-être l'occasion d'un autre tête-à-tête, qui sait ?

— Sans aucun doute, acquiesça-t-elle en se dirigeant vers la porte. Demain soir. Pendant le débat.

— Alors à demain soir, lança-t-il, comme elle partait sans même un au revoir.

8

Rafael était assis à l'arrière de la voiture. En temps normal, il conduisait lui-même mais il avait voulu profiter du trajet pour relire ses notes avant le débat de ce soir. Peine perdue, il était incapable de se concentrer.

Il avait menti à Jessica hier soir. Sa tension n'avait pas disparu du tout — bien au contraire ! Baiser avec elle n'avait fait qu'attiser son désir et décupler l'effet de manque. Il avait eu envie d'elle dans la minute qui avait suivi son orgasme et il avait dû se rhabiller en vitesse pour ne pas être tenté de la prendre de nouveau.

D'habitude, il arrivait parfaitement à cloisonner sa vie. D'un côté le plaisir, de l'autre le travail. Il passait facilement de l'un à l'autre sans jamais mêler les deux. Mais avec Jessica c'était différent. Son désir pour elle traversait les barrières. La seule différence entre hier et aujourd'hui, c'est qu'il savait désormais à quel point elle était ensorcelante, sexy et délectable. Il connaissait les petits cris qu'elle poussait pendant le plaisir, la façon dont son corps se contractait au moment de l'orgasme, le velours de sa peau…

Son chauffeur freina en pestant tout bas contre la voiture qui venait de leur faire une queue-de-poisson au milieu de la circulation matinale. Rafael leva la tête et se rendit compte qu'ils étaient arrivés. Ses pensées l'avaient tellement absorbé qu'il n'avait rien vu du trajet. Rassemblant ses affaires, il descendit en plaçant astucieusement sa veste devant son entrejambe pour masquer l'état dans lequel l'avaient mis ses souvenirs de la nuit.

Il avait à peine franchi la porte de la mairie que Jillian apparut, sa tablette électronique dans une main, son énorme sac à main dans l'autre. Son assistante transportait un nombre inimaginable de choses dans ce sac — des chewing-gums, des bouteilles d'eau, des barres protéinées, des stylos, des carnets de notes, des médicaments contre la douleur, des chaussettes de rechange… La liste était sans fin.

— Bonjour, Rafael. Comment allez-vous ce matin ? demanda-t-elle tandis qu'ils se dirigeaient du même pas vers son bureau.

— Jusqu'ici ça va mais il n'est que 9 heures. Et vous ?

— Pareil. Pas trop le trac pour le débat de ce soir ?

— Juste ce qu'il faut.

— Vous vous êtes reposé ? Hydraté ? demanda-t-elle en puisant une bouteille d'eau pétillante dans son sac pour la lui tendre.

Il réprima un rire et l'accepta.

— Merci.

Elle plongea de nouveau la main dans son sac.

— Je vous ai préparé quelques fiches pour ce soir. Et voici vos messages, vos mails et vos mémos interdépartementaux.

Elle lui tendit les documents.

— Vous voulez que je les lise, que je vous dise de quoi il retourne et que je note vos réponses ?

— Non. J'apprécie votre proposition mais je vais m'en charger moi-même.

Il prit la liasse. Il aimait traiter directement avec ses administrés et ses collègues. Comment espérer travailler pour tous ces gens s'il ne les connaissait pas ?

— Je dois aussi vous dire que Jessica Morgan a gagné encore des points depuis son interview de vendredi soir. Elle courtise les femmes et récolte le vote des jeunes. Vous devriez envisager de parler davantage à la presse. Faire en sorte que votre message passe.

— Mon message est déjà passé. Je n'ai pas besoin de racoler des électeurs en multipliant les apparitions dans les journaux télévisés de la nuit, répondit-il en déverrouillant la porte de son bureau.

Jillian s'apprêtait à le suivre quand il se retourna. C'était une assistante géniale, irremplaçable même, mais parfois il avait besoin d'être un peu seul.

— J'aimerais avoir quelques minutes pour moi avant d'attaquer ma journée, dit-il.

Elle ne se vexa pas. Elle savait que cela n'avait rien de personnel.

— Bien sûr. Appelez-moi s'il vous manque quoi que ce soit.

Il referma la porte derrière lui. Son bureau à la mairie était loin d'être aussi confortable et spacieux que celui de la tour BH. Mais il se sentait plus proche des gens ici, plus au contact de la réalité et de leurs préoccupations que dans une tour qui dominait la ville.

Il jeta un coup d'œil à la pile de mémos. Le dernier était glissé dans une enveloppe. Il était arrivé via la messagerie électronique interne et il n'y avait pas d'adresse de retour au dos. Ouvrant l'enveloppe, il en sortit une mince feuille de papier. Un court message y était écrit à la main.

Sors l'artillerie lourde, je vais te démolir ce soir

J

Il éclata de rire, prit une feuille de bloc et rédigea sa réponse. Satisfait, il la glissa dans une enveloppe, la cacheta et la mit de côté pour la lui envoyer plus tard. Puis il attaqua sa journée de travail.

À quelques mètres de là, dans son modeste bureau de la mairie, Jessica résistait à l'envie de se taper la tête contre le mur. Elle avait fait la maligne en envoyant ce message à Rafael mais en réalité elle était catastrophée.

En se réveillant ce matin, elle avait réalisé à quel point elle avait été stupide la veille, non seulement de se rendre dans son club mais de le suivre dans sa suite. Il était trop séduisant, trop habile, trop sexy, trop ensorcelant. Il avait joué de son corps comme d'un instrument et elle avait lui avait donné la musique qu'il voulait entendre. Quelle erreur ! Il pouvait ruiner sa carrière, sa vie, d'un simple claquement de doigts. Elle devait se tenir à distance de lui. Ne pas le laisser prendre le pouvoir.

Elle retourna à son ordinateur et fit de son mieux pour se préparer au débat. Elle passa en revue les problèmes auxquels étaient confrontés les habitants de Las Vegas, parcourut les réseaux sociaux pour lister les sujets de mécontentement, et réfléchit aux moyens de leur apporter des solutions. Elle devait également imaginer quels arguments utiliserait Rafael contre elle. Pas facile quand le seul fait de penser à lui suffisait à la déconcentrer. Elle avait à peine dormi hier soir après avoir quitté le club.

Les heures s'envolèrent sans qu'elle s'en aperçoive. Il était midi passé quand on frappa à sa porte. Ben apparut, plusieurs sacs en papier dans les bras.

— Je suis sûr que tu vas oublier de déjeuner alors j'ai acheté de quoi te nourrir.

Elle lui sourit avec gratitude.

— Tu es un ange. Qu'est-ce qu'il y a au menu ?

— Des sandwichs d'une boutique bio qui vient d'ouvrir, pas loin d'ici. J'espère que tu as faim parce que j'ai commandé pour un régiment.

Son estomac gargouilla.

— Je meurs de faim parce que j'ai également sauté le petit déjeuner.

— Il faut que tu prennes des forces pour battre monsieur Plein aux as.

On frappa de nouveau à la porte. Gordon passa la tête dans la pièce.

— Il y a un message pour toi.

Il lui tendit une enveloppe avant de ressortir. Elle la décacheta et faillit s'étrangler avec son café. C'était la réponse de Rafael à la petite pique qu'elle lui avait envoyée tout à l'heure.

Merci pour tes encouragements mais quand je pense à toi mon artillerie lourde est toujours de sortie

R

— Tout va bien ? demanda Ben en lui tendant une bouteille d'eau.

Il lut le message pendant qu'elle buvait.

— Qui est R ?

Il comprit subitement et la regarda avec des yeux ronds.

— Rafael Martinez ? Bon sang, Jessie, qu'est-ce que tu as fait ?

— Quelque chose de vraiment stupide. Je ne sais même pas comment c'est arrivé.

Il croisa les bras sur sa poitrine.

— Raconte. Je veux tout savoir !

Elle soupira.

— Vendredi soir, il est venu me voir danser à San Francisco. Il n'était pas là par hasard. Il savait.

— Comment ?

— Aucune idée. Il n'a pas voulu me le dire.

— Continue, dit Ben, les yeux brillants de curiosité.

Elle lui raconta toute l'histoire. Rafael dans le public, leur conversation dans la brasserie, leur baiser dans le taxi, leur rendez-vous au Paradis Terrestre et leur nuit torride dans sa suite.

Quand elle se tut, Ben se laissa tomber sur une chaise.

— Il est si bon que ça au lit ?

— Tu n'as pas idée.

Enfouissant sa tête dans ses mains, elle gémit.

— Quelle idiote je suis ! Je ne sais même pas pourquoi j'ai fait ça. Chaque fois que je suis avec lui, je n'ai plus aucune volonté. Il suffit qu'il me touche pour que mon cerveau se mette sur pause.

Les mots jaillissaient de sa bouche sans qu'elle parvienne à les contrôler. Quand elle se tut, Ben la dévisageait bizarrement.

— Tu as changé d'avis sur lui ? demanda-t-il d'un ton soupçonneux.

— Non, répondit-elle très vite.

— Non ?

— Je ne sais pas. Il est sexy et fabuleux au lit. Mais pour le reste c'est toujours le même homme têtu et arrogant. Et il est mon adversaire politique. Ce qui s'est passé au club ne se reproduira pas. C'était juste un truc d'une nuit, on s'est bien mis d'accord là-dessus. Et il ne faut pas oublier qu'il peut révéler à n'importe quel moment que je suis une strip-teaseuse.

Elle cherchait toutes les raisons pour lesquelles elle ne pouvait *pas* avoir changé d'avis sur lui. Mais en réalité elle ne s'inquiétait plus vraiment du fait qu'il révèle son secret. Après tout, elle avait elle aussi un moyen de pression sur lui. Il était actionnaire d'un club libertin. Les médias le crucifieraient s'ils l'apprenaient.

— Vous allez débattre ensemble ce soir, dit Ben en lui rendant le mémo. Qu'est-ce que tu vas faire ?

Elle prit une respiration.

— Je vais l'écrabouiller.

9

Rafael se tenait face au public, sous les projecteurs. À quelques pas de lui, Jessica démontrait point par point pourquoi il serait un maire exécrable. D'entrée de jeu, elle s'était conduite en adversaire coriace et étonnamment pugnace, prête à répondre du tac au tac à toutes ses attaques. Il était impressionné, vraiment, et si son futur mandat de maire n'avait pas été en jeu, il aurait été fier d'elle.

Les réactions de la salle avaient fluctué toute la soirée. Elles penchaient parfois en sa faveur, mais le plus souvent, il fallait bien l'avouer, elles avaient obliqué du côté de Jessica. Une seule chose était restée constante depuis le début du débat : son érection — heureusement dissimulée par le pupitre. Croiser le fer avec Jessica produisait apparemment le même effet sur lui qu'un puissant aphrodisiaque.

— … Et je ne doute pas que M. Martinez a de grandes idées pour stimuler la croissance et faire baisser la criminalité. Mais les grands oubliés de son programme, ce sont les racines mêmes de ces fléaux : la pauvreté et l'inégalité.

Elle se tourna vers lui.

— Pouvons-nous connaître votre projet pour aider les familles les plus défavorisées de cette ville ?

Elle lui lança un regard enflammé qui le rendit fou de désir. Sans le pupitre qui lui servait de paravent, il serait mort de honte sur scène.

— Mon plan d'investissement dans les entreprises et les infrastructures s'attaquera aux racines du fléau en générant des emplois. J'ai des projets très précis pour aider les gens dans le besoin, je…

— Vous ne savez même pas qui sont les gens dont vous parlez ! l'interrompit-elle avec colère. Ce n'est un secret pour personne, vous appartenez au 1 % de privilégiés de cette ville. Vous ignorez tout des difficultés que rencontrent les mères célibataires, les sans-emploi et les intérimaires forcés !

— Mademoiselle Morgan, monsieur Martinez, intervint le présentateur. Je vous rappelle que vous ne devez pas vous adresser directement l'un à l'autre.

Jessica l'ignora et poursuivit avec force :

— Contrairement à vous, monsieur le conseiller municipal, je m'intéresse à la vie de ces gens depuis longtemps. Je vais dans la rue, je visite les refuges, je participe aux réunions de quartiers. Avez-vous seulement une idée de ce qu'est la vie d'une mère de famille qui travaille soixante-dix heures par semaine pour trois employeurs différents et a du mal à acheter de quoi manger à ses enfants ou à payer une nounou ? Avez-vous pris le temps de discuter avec une de ces femmes ? Moi, oui. Cette femme, c'était ma mère. Et chaque fois que j'entre dans un de nos centres de travail social, j'ai l'impression de la revoir. Savez-vous que ces mères de famille ont peur de tomber malades parce qu'elles n'ont pas d'assurance maladie ?

Rafael regarda le public. Les gens acquiesçaient à la tirade passionnée de Jessica.

— Bien dit ! lança quelqu'un dans la salle, suscitant un brouhaha approbateur.

Rafael était en train de perdre le match. Il se tourna vers Jessica. Le présentateur le laissa faire, renonçant à faire respecter les règles.

— Vous m'accusez d'être un privilégié, mais ma réussite, je la dois uniquement à mon travail. Je suis parti de rien. N'allez pas croire que je ne sais pas ce que c'est que de se battre pour survivre. Mes parents sont nés au Mexique, ils ont émigré aux États-Unis quand j'étais enfant. Ils espéraient trouver une vie meilleure. Mais on ne leur a pas fait de cadeau, ils ont travaillé très dur pour y parvenir et nous offrir à mes sœurs et à moi-même une vie décente, à défaut d'être luxueuse. La leçon qu'ils nous ont enseignée, c'est que, si on veut s'en sortir, il faut retrousser ses manches. Je me donne à fond dans tout ce que je fais et si vous me confiez les rênes de la ville, je me donnerai à fond pour ses habitants !

Des applaudissements saluèrent sa tirade mais l'expression sur le visage de Jessica disait qu'elle n'était pas convaincue.

— C'est une belle histoire. Je suis contente que votre famille et vous ayez trouvé une vie meilleure dans ce pays. Mais parfois il ne suffit pas de vouloir.

Vous croyez que la mère de famille dont j'ai parlé tout à l'heure ne parvient pas à nourrir ses enfants parce qu'elle n'a pas assez retroussé ses manches ? Parfois cela ne suffit pas. Parfois, on a besoin qu'on vous tende la main, et votre programme n'a pas la dimension sociale nécessaire à la survie de beaucoup de petites gens. Il ne l'a pas parce que vous n'appartenez pas à leur monde !

Le public applaudit à tout rompre. Rafael cilla. D'habitude, il excellait en public. Mais la flamme passionnée de Jessica l'avait carbonisé. Il était K-O debout.

— Selon vous, je ne connais pas cette ville ? lança-t-il froidement. J'ai passé ces dix dernières années à travailler pour elle. Où étiez-vous pendant ce temps ?

Il savait exactement où elle était : sur une scène, en train de se déshabiller ! Mais il ne pouvait pas le dire.

Il se tourna vers le public.

— Mlle Morgan fait partie du conseil municipal depuis deux ans seulement. Elle est novice en politique, elle n'a jamais fait ses preuves. Entre la fonction de conseiller municipal et celle de maire, il y a un monde, et je ne pense pas qu'elle soit apte à sauter le pas. Moi oui, et je suis prêt à faire le travail pour lequel j'aurai été élu.

— M. Martinez nous dit qu'il est au conseil municipal depuis dix ans.

Jessica se tourna vers lui.

— Et quel est votre bilan ? Vous vous êtes attaché

uniquement à aider les patrons et à faire marcher l'industrie du tourisme. Si vous êtes élu maire et que vous passez autant de temps à aider les pauvres gens que vous en avez mis à faire prospérer les riches, alors Las Vegas sera un exemple pour le monde entier !

Rafael serra les mâchoires. Jessica en savait beaucoup trop à son sujet. Il regrettait de l'avoir laissée l'approcher d'aussi près la nuit dernière. Il connaissait son secret mais elle détenait également des informations dangereuses pour lui.

— Ce n'est pas un crime d'avoir réussi, dit-il d'un ton cassant.

Les entreprises qu'il avait créées avec The Brotherhood avaient créé des emplois, et chaque nouveau projet était bon pour l'économie locale. Il avait foi en son programme mais il ne parvenait plus à faire passer son message parce que l'opinion du public avait basculé du côté de Jessica. Et il ne pouvait plus rien faire pour inverser la tendance. Il lui fallait boire le calice jusqu'à la lie en évitant de perdre son sang-froid et de se rendre antipathique.

Quand le débat — pour ne pas dire le carnage — s'acheva, il s'effaça pour permettre à Jessica de quitter la scène la première. Il prit une inspiration quand elle passa devant lui : elle portait le même parfum que la nuit dernière, et son corps réagit instantanément. C'était incroyable. Il ne se rappelait pas avoir eu des érections aussi fulgurantes depuis sa puberté. Jessica avait le don de l'exciter aux moments les plus incongrus.

Elle ne lui adressa pas un regard tandis qu'elle regagnait son bureau. Il avança derrière elle, quelques pas en retrait, en essayant de ne pas fixer le balancement de ses hanches. Il était furieux. Pas besoin de sondage pour savoir qu'il avait perdu le débat. Elle l'avait laminé. Elle avait réussi à l'énerver et elle avait fait un plaidoyer vibrant pour les petites gens. Mais il avait beau être frustré et en rage, il la désirait comme un fou. Débattre avec elle sur une scène était aussi grisant qu'un champagne millésimé. Elle était rapide comme une lame, intelligente, passionnée — et sincère. Elle voulait être maire autant que lui.

Elle disparut derrière une porte et il continua son chemin de son côté, jusqu'à son propre bureau, quelques mètres plus loin.

Mais il n'entra pas.

Il tourna la tête. Constatant que le couloir était désert, il fit rapidement demi-tour et tapa deux fois, durement, à sa porte.

— Entre, lança-t-elle.

Elle fronça les sourcils en le voyant. Elle devait attendre quelqu'un d'autre.

— Qu'est-ce que tu veux ? demanda-t-elle d'un ton méfiant.

Il ferma la porte, entra.

— Te féliciter d'avoir gagné le débat.

Elle pianota sur le clavier de son ordinateur portable et il se demanda si ce n'était pas juste un prétexte pour ne pas le regarder.

— Il est trop tôt pour le dire.

— Je suis impressionné, sincèrement. Tu m'as fait passer pour un sale type. Ta façon de déformer mes propos, de m'envoyer mon argent au visage comme s'il était sale. Tu es peut-être faite pour la politique, finalement.

— C'est la différence entre nous. Je ne joue pas. Je veux vraiment aider les gens.

— Et moi, je ne veux pas les aider ?

— Tu as l'argent et les relations nécessaires. Mais avec tes amis tu as construit un club libertin luxueux au lieu d'un stade ou d'une clinique.

C'était vraiment l'opinion qu'elle avait de lui ? Elle se trompait du tout au tout.

— Nous soutenons de nombreux organismes caritatifs à travers notre fondation. Si tu n'es pas au courant, c'est parce que nous ne le clamons pas sur les toits. C'est vraiment dommage que tu t'arrêtes à la surface des choses. Dans la vie tout n'est pas noir ou blanc, Jessica. Et je ne suis pas le méchant que tu vois en moi.

Elle garda le silence un moment. Puis elle le regarda dans les yeux.

— Mais tu as un rôle de modèle dans cette ville. Par tes actions, tu devrais montrer aux gens influents, aux chefs d'entreprise, tout le bien qu'ils pourraient faire en aidant ceux qui n'ont rien.

Elle n'avait pas tort. Les membres de The Brotherhood devraient peut-être rendre publiques les actions qu'ils menaient à travers leur fondation.

Le silence retomba puis Jessica leva les yeux vers lui et il se rendit compte qu'elle était épuisée.

— Autre chose, monsieur Martinez ?

Il était fatigué, lui aussi, mais pas au point de perdre son sens de l'humour.

— Monsieur Martinez ? C'est terriblement guindé pour quelqu'un qui a baisé avec toi la nuit dernière.

Elle essaya de le cacher mais il vit le frisson qui la parcourait tout entière.

— Eh bien, nous sommes dans mon bureau à la mairie et pas dans ta suite privée en train de céder à un petit moment de faiblesse.

Il se rapprocha et le souvenir de sa saveur sur ses lèvres l'assaillit.

— Que dirais-tu d'un autre moment de faiblesse ?

Il se rapprocha encore. Il savait que c'était la chose à ne pas faire. Il connaissait son secret mais d'un mot elle pouvait également détruire sa carrière, sa vie et tout ce pourquoi il avait travaillé. Le futur maire de la ville ne pouvait pas être associé à un club sulfureux comme le Paradis Terrestre. Mais la future maire ne pouvait pas non plus être une strip-teaseuse. Pourtant, l'un ou l'autre devait gagner. Ils avaient intérêt tous les deux à garder leurs secrets.

Tendant la main, il l'attrapa par l'épaule, l'attira à lui et écrasa sa bouche sur la sienne. Elle n'opposa aucune résistance et jeta ses deux bras autour de son cou.

— Notre duel t'a excitée autant que moi ?

— Oui, chuchota-t-elle, avant de l'embrasser avec encore plus de passion.

Leur baiser était brutal, sauvage, mais ça ne lui suffisait pas. Relevant sa jupe, il la souleva pour l'asseoir sur son bureau. Elle posa les mains sur son torse.

— Rafael, nous ne pouvons pas faire ça. Surtout pas ici.

— Je sais, souffla-t-il contre sa bouche. C'est une très mauvaise idée.

Elle hocha la tête, la respiration oppressée.

— Ce ne serait pas la première.

— Et ce ne sera probablement pas la dernière, promit-il en se laissant glisser à genoux sur le sol, devant ses cuisses ouvertes.

Il avait besoin de la goûter encore, il était en manque d'elle. Il inclina son visage, écartant plus largement ses jambes, jusqu'à ce qu'il ne soit plus qu'à un souffle de son sexe. Seul un fin triangle de satin rose le séparait encore de ce qu'il convoitait ardemment.

Il pressa ses lèvres sur son mont, la goûtant, la respirant à travers le tissu. Il glissa ses pouces sous l'élastique de chaque côté et elle l'aida en soulevant les hanches. Il fit descendre le sous-vêtement le long de ses cuisses, le laissant pendre sur l'un de ses pieds chaussés de talons aiguilles. Attrapant ses fesses, il l'attira à lui et fit glisser sa langue sur sa fente, sans la pénétrer.

Elle poussa un cri étouffé à son contact et il sourit avec satisfaction, sachant que ce n'était qu'un début. Il insinua sa langue plus loin, écartant ses replis palpitants, trouvant sa chaleur moite et mouillée. Il la lécha doucement, se rapprochant chaque fois un peu plus du bourgeon sensible de son clitoris mais sans le toucher. À la façon dont elle se tortilla sous lui, il devina que cette attente la tuait. Finalement, il pressa sa langue sur son clitoris et elle cria en se soulevant. Posant une main sur sa hanche pour l'immobiliser, il glissa deux doigts en elle pendant qu'il refermait les lèvres sur son clitoris. Elle cria sans retenue.

Il sourit et passa à l'assaut, la pénétrant avec ses doigts, la léchant, la suçant, la dégustant. Elle était aussi délicieuse que la nuit dernière et il fit un festin. Il continua jusqu'à ce qu'elle lui empoigne les cheveux et soulève les hanches pour se frotter contre lui, prenant ce qu'elle voulait, cherchant elle-même l'orgasme. Il garda le même rythme jusqu'à ce qu'elle tremble contre sa bouche et jouisse avec un cri perçant.

Quand ses spasmes s'apaisèrent, il se redressa et l'embrassa à pleine bouche. Elle lui répondit avec la même fièvre, cherchant sa langue avec la sienne. Sans s'interrompre, il la renversa sur le bureau, sortit en tâtonnant un préservatif de sa poche revolver, baissa sa braguette et prit son sexe bandé dans sa main.

Au même instant, on tapa à la porte. Ils se statufièrent tous les deux. Jessica eut l'air paniquée. Bien que tout son corps hurle de frustration, Rafael remonta sa braguette à toute vitesse pendant qu'elle sautait du bureau, se rajustait en catastrophe et se précipitait derrière la table.

— Entrez, lança-t-elle en tirant sur sa jupe et en essayant de paraître posée.

Un homme fonça vers Jessica, ouvrit les bras et la serra contre lui.

— Chérie, tu as été fabuleuse !

Rafael sentit la morsure de la jalousie. Qui était ce type ? Et de quel droit posait-il les mains sur sa Jessica ? *Sa* ? Il fronça les sourcils. Il aurait été incapable de dire d'où sortait ce possessif. Il s'éclaircit la gorge pour signaler sa présence.

Ils se tournèrent tous les deux vers lui.

— Ben, je te présente Rafael Martinez.

Au ton de sa voix, Rafael eut l'impression qu'elle venait de dresser un mur de trois mètres entre eux.

— Voici Ben, ajouta-t-elle.

— Enchanté, dit Rafael en avançant, la main tendue. J'étais juste venu féliciter Jessica pour sa prestation.

Ben lui serra la main en le regardant droit dans les yeux.

— Je n'en doute pas.

— Je ne m'attarde pas plus longtemps. On m'attend à un dîner.

Jessica lui tendit la main.

— Merci pour ce débat de qualité. Je suis impatiente de recommencer.

Il aurait mieux fait de rentrer chez lui au lieu d'aller à ce rendez-vous avec Alana et la bande. Ils étaient installés à la meilleure table du Thalia, un restaurant dont The Brotherhood était propriétaire, mais il n'y avait rien à fêter ce soir. Ses amis lui lançaient des regards en coin, détournant les yeux quand il les regardait. Il n'était pas un compagnon très agréable, il s'en rendait compte. Il était frustré, morose et en colère. Il n'arrivait pas à comprendre comment Jessica avait pu le dominer à ce point pendant le débat et comment elle avait réussi à envahir toutes ses pensées.

— On parle du débat ou on n'en parle pas ? lança Gabe, choisissant de mettre les pieds dans le plat.

— On n'en parle pas, dit Rafael d'un ton sec en coupant son steak.

— Sincèrement, qu'est-ce qui t'est arrivé, mon vieux ? demanda pourtant Brett. Tu t'es laissé malmener comme un débutant.

— J'ai perdu la main vers la fin, admit Rafael. Jessica a misé sur la corde de l'émotion, elle a fait appel au ressenti des gens, à leurs peurs. C'était la bonne carte à jouer. Les électeurs en ont marre des politiques qui ne font rien. Mais je n'imaginais pas qu'elle serait une opposante aussi coriace.

— À propos de Jessica, glissa Alana d'une voix douce. Il me semble l'avoir aperçue hier soir. Juste avant que tu ne l'emmènes dans ta suite.

Merde. Il avait pensé qu'ils seraient trop éméchés pour identifier la femme avec qui il avait rendez-vous.

— On ne peut rien te cacher, dit-il d'un ton sarcastique.

Elle haussa les épaules.

— Je suis la directrice du club. Peu de choses m'échappe.

— Je voulais juste lui parler en privé, prétendit-il.

Alana reposa ses couverts.

— Tu as un bureau et une dizaine de salles de conférences dans l'immeuble. Il y avait une multitude d'endroits où vous pouviez discuter tranquillement. Sauf évidemment si vous vouliez juste vous envoyer en l'air.

Brett et Alex s'étranglèrent dans leur verre pendant que Gabe écarquillait les yeux. Alana avait la dent dure. Quand elle avait quelque chose à dire, elle n'y allait pas par quatre chemins.

— On a passé un moment très agréable ensemble. C'est tout, marmonna Rafael.

— Aussi bien que le week-end dernier, à San Francisco ? demanda Alex, jetant ainsi de l'huile sur le feu.

Rafael serra les dents. Toute la tablée pivota vers lui d'un même mouvement. Ils n'étaient pas au courant de son escapade en Californie et il avait espéré qu'ils l'ignoreraient encore longtemps, même s'il se doutait que l'histoire viendrait tôt ou tard à leurs oreilles. Il n'y avait pas de secrets entre les membres de The Brotherhood.

— Quand es-tu allé à San Francisco ? demanda Brett, stupéfait.

Rafael lança un regard noir à Alex. L'avertissement n'eut aucun effet sur son camarade qui sourit avec insolence.

— Il est allé voir Jessica.

Quatre paires d'yeux se rivèrent sur lui.

— Fils de pute, marmonna Rafael entre ses dents.

— Je ne comprends pas, dit Gabe. Qu'est-ce qu'elle faisait en Californie ?

— Il ne veut pas le dire, dit Alex.

— Bon sang, qu'est-ce que vous fabriquez tous les deux ? demanda Alana. Elle est ton adversaire ! Tu couches avec elle et vous partez ensemble en vacances ?

Comme il gardait le silence, elle fronça les sourcils.

— Tu ne réponds pas ?

Il refusait de révéler le secret de Jessica mais il n'aimait pas mentir à ses amis.

— C'est compliqué. Je ne peux pas en parler, avoua-t-il tout en sachant pertinemment que ce n'était pas le meilleur moyen de calmer la curiosité de ses amis.

Brett éclata de rire.

— Rafael Martinez protège la dame de ses pensées et il va droit au casse-pipe !

— Tu te rends compte du scandale si on apprend que tu couches avec ta rivale ?

— Ça suffit ! gronda Rafael, excédé.

Il avait espéré se détendre en dînant avec ses amis et il se retrouvait devant un tribunal.

— Nous ne couchons pas ensemble. Nous sommes collègues et nous essayons simplement de faire plus ample connaissance, c'est tout.

Il mentait, évidemment. Il y avait moins d'une heure, il l'avait renversée sur son bureau, embrassée, dévorée. Il avait toujours sa saveur intime sur ses lèvres. Et il avait encore faim d'elle. Et il ne serait pas satisfait tant qu'elle ne serait pas à lui à nouveau.

— Je ne sais pas pourquoi tu t'es lancé dans la politique, tu aurais fait une belle carrière comme comique, ironisa Brett.

Rafael le fusilla du regard.

— Vous êtes tous des abrutis.

Il pointa un doigt sur Alana et Alex, hilares.

— À commencer par vous deux.

Quand les huées cessèrent il porta son verre d'eau à ses lèvres et but une gorgée. Le sourire d'Alex s'était envolé et Rafael savait qu'il n'approuvait pas sa relation avec Jessica, quelle qu'elle soit.

— Quoi ? dit-il.

— Ta vie privée ne regarde que toi. Le problème, c'est que cette histoire te fait perdre ta concentration. Jessica n'aurait pas dû prendre l'ascendant sur toi pendant le débat. C'est arrivé uniquement parce que tu n'étais pas toi-même.

Possible. Il n'avait jamais perdu la main en public avant ce soir.

— Elle cherche peut-être à te faire perdre la tête pour t'empêcher de penser à l'élection. Et même si ce n'est pas le cas, vos galipettes nuisent à la campagne.

— Tu dis n'importe quoi, affirma Rafael, même s'il savait qu'Alex avait raison.

Il n'avait pas prévu de perdre le débat mais le fait est que Jessica l'avait complètement dominé. S'il ne réagissait pas, il allait perdre à coup sûr les élections. Il secoua la tête.

— Ne t'inquiète pas. Tout est sous contrôle.

Malheureusement, il n'en était pas lui-même persuadé.

*
* *

Portée par son succès pendant le débat et par le nouvel orgasme époustouflant que lui avait offert Rafael Martinez, Jessica était allée boire un verre avec Ben. Plusieurs margaritas plus tard, ils entrèrent dans leur appartement en riant, se souhaitèrent bonne nuit et allèrent promptement se coucher. Pourtant, Jessica avait beau être épuisée et un peu pompette, elle n'arrivait pas à trouver le sommeil. Après plusieurs tentatives, elle roula sur le dos et regarda le plafond. La lumière des lampadaires de la rue et des voitures illuminait sa chambre, jetant des ombres mouvantes sur les murs. Elle observa leur lent ballet dans l'espoir qu'il l'aiderait à s'endormir.

Hélas, c'était peine perdue.

Elle poussa un soupir de frustration en constatant que les chiffres rouges de son réveil digital indiquaient minuit passé. Elle était au lit depuis plus d'une heure. C'était à cause de Rafael qu'elle ne trouvait pas le sommeil. Elle n'arrêtait pas de penser à la nuit dernière et à ce qui venait de se passer ce soir dans son bureau. Elle toucha ses cuisses sous les couvertures. Sa peau était chaude là où il l'avait agrippée, comme si le contact de ses doigts l'avait brûlée, laissant sur elle des cicatrices indélébiles. Il faisait d'elle ce qu'il voulait. Dès qu'elle était en sa présence, son cerveau se déconnectait de la réalité et sa libido passait à la vitesse surmultipliée. Cette pensée la dégrisa. Elle était incapable de lui résister et cette faiblesse la minait. Même en cet instant, elle sentait un désir sournois pulser entre ses jambes. Elle avait envie de lui.

Elle tourna la tête vers la table de nuit où son téléphone portable était en charge. Elle le débrancha et, sans même réfléchir, chercha son nom dans ses contacts et envoya un bref message :

Salut

La réponse vint au bout de quelques secondes.

Qu'est-ce que tu fais ?

Je n'arrive pas à dormir

Nouveau message :

Moi non plus

Comment s'est passé ton dîner ?

Bien

Il y eut une courte pause.

Je veux te voir. Demain. Viens chez moi, nous dînerons ensemble

Pourquoi ?

Parce que j'aurai pensé à toi toute la nuit

Moi aussi

Qu'est-ce que tu fais, là, maintenant ?

Je suis couchée. Et toi ?

Pareil. Tu es nue ?

Elle regarda son petit haut et son pantalon de pyjama et mentit.

Oui

Tu m'envoies une photo ?

Elle sourit.

Tu veux une photo de moi nue ?

Oui. Pourquoi pas ?

Tu ne la montreras à personne ?

Bien sûr que non

Elle ne pouvait pas faire ça. D'un autre côté, Rafael l'avait déjà vue nue. Elle pouvait dissimuler son visage et lui donner ce qu'il voulait. Riant tout bas, elle posa le téléphone, retira son petit haut, alluma la lampe de chevet et positionna son téléphone en hauteur, de façon à cadrer sa bouche et son buste. Même si la photo sortait, on ne pourrait pas l'identifier.

Elle appuya sur la touche envoi avant de changer d'avis. Et elle ajouta un message :

À toi.

*
* *

Rafael serra son téléphone dans sa main, guettant la réponse de Jessica. Il ne savait pas trop ce qu'il devait attendre, une photo ou une fin de non-recevoir. C'était la règle avec Jessica Morgan. Elle cultivait le contre-pied.

En rentrant du restaurant, il était allé se coucher directement, mais il n'avait pas réussi à s'endormir. Il était tendu, à cran, incapable de se concentrer sur quoi que ce soit. Jessica l'obsédait. Même sa longue douche froide n'avait pas réussi à lui faire oublier son corps souple comme une liane, son odeur, sa saveur… Mais ses pensées butaient à chaque fois sur cet homme qui était entré dans son bureau comme en terrain conquis et l'avait appelée « chérie ». Qui diable était-il ?

Un petit signal sonore lui annonça l'arrivée du message de Jessica. Il s'assit dans son lit, ouvrit l'image. La vue de sa poitrine pleine et de son sourire malicieux fit monter sa libido en flèche.

Il rit en lisant son texto et répondit :

Merci.

Pourquoi ? Ce n'est pas toi qui parles de confiance ?

Elle avait raison. S'il voulait avoir une chance de la revoir, elle devait lui faire confiance. Il sourit, le cœur battant, et se leva. Nu, il se dirigea vers sa salle de bains et se plaça devant le miroir en pied. Il avait un corps plutôt agréable à regarder, il le savait. Ces dix dernières années, plusieurs magazines l'avaient désigné comme l'un des hommes politiques les plus sexy de la ville et l'un des célibataires les plus convoités des États-Unis. Il se donnait du mal pour entretenir ce physique de rêve. Il transpirait des heures dans la salle de sport pour se maintenir en forme mais le résultat en valait la peine. Il contracta légèrement ses muscles et, satisfait du résultat, prit une photo. Tout comme elle, il prit soin de ne pas cadrer son visage, mais tout le reste — y compris son sexe bandé.

Il regagnait son lit quand il reçut sa réponse.

Pas mal

Ça va t'aider à faire de beaux rêves ?

Probable

Et si je venais chez toi ? Je te ferais crier de plaisir et ensuite nous nous endormirions paisiblement tous les deux.

Son téléphone resta muet un long moment et il commençait à se dire qu'elle n'allait pas répondre quand son message s'afficha.

Ben ne serait pas d'accord.

Ben, encore ! Bon Dieu qui était ce type ?

D'accord. Tu as peut-être raison.

Il essayait de la jouer décontracté. Il allait lui suggérer de filer de chez elle en douce et de venir le rejoindre quand sa réponse lui parvint.

On se voit demain.

10

Rafael vérifia l'heure à sa montre. Il était presque 17 heures et pour la première fois de sa vie il allait quitter le bureau en même temps que tout le monde. Il avait hâte de voir Jessica. Il n'avait pensé qu'à elle toute la journée.

Pour la centième fois de la journée, il regarda la photo seins nus qu'elle lui avait envoyée. Et pour la centième fois, son corps s'enflamma de désir. Jamais une femme n'avait produit cet effet sur lui. Habituellement, il était capable de fermer la parenthèse dès qu'il quittait une maîtresse. Mais ce n'était pas le cas avec Jessica.

Il regarda sa montre à la seconde précise où la grosse aiguille basculait sur le douze, indiquant qu'il était 17 heures pile.

— Cette fois, j'y vais, marmonna-t-il en se levant.

Il ne l'attendait pas avant deux bonnes heures, mais dans la mesure où il était incapable de se concentrer, autant rentrer chez lui ou se rendre à la salle de sport pour évacuer son trop-plein d'énergie.

Il glissait son ordinateur portable dans sa mallette

quand Jillian entra en coup de vent, une pile de dossiers dans les bras.

— Oh.

Elle s'arrêta net en le voyant plier bagage.

— Vous partez ?

— Oui, dit-il d'un ton cassant. Je quitte le bureau à point d'heure tous les jours, il me semble que j'ai le droit de faire une exception aujourd'hui.

Il essayait de ne pas se montrer désagréable mais sans grand succès.

— J'avais pensé que nous pourrions analyser les derniers sondages et essayer de réfléchir à une stratégie pour contrer la popularité croissante de Morgan.

Elle avait raison, il aurait dû rester. Mais il était à cran. Il fallait qu'il parte d'ici. Qu'il voie Jessica.

— Je ne peux pas. J'ai une réunion.

Elle fronça les sourcils.

— Je n'ai rien vu sur votre agenda.

— Ça s'est décidé hier soir. Nous parlerons stratégie demain, OK ?

Il ferma sa mallette et se dirigea vers la porte.

— Oui, bien sûr, répondit-elle comme il passait devant elle.

Il ne se retourna pas mais sentit le poids de son regard dans son dos tandis qu'il s'engouffrait dans l'ascenseur.

Rafael retira les couvercles des plats à emporter et les posa sur la table de la salle à manger. Sa mère serait scandalisée si elle savait qu'il n'avait pas cuisiné lui-même le repas alors qu'il recevait une invitée, mais pourquoi se donner cette peine alors qu'un chef étoilé pouvait le faire pour lui dans les cuisines du Thalia ?

Le fumet lui mit l'eau à la bouche, lui rappelant qu'il n'avait rien mangé depuis le petit déjeuner. Il avait travaillé durant sa pause pour pouvoir partir tôt. En fait, il avait surtout essayé de se guérir de son obsession pour Jessica. Il avait consulté une dizaine de dossiers, mené tambour battant deux réunions de travail et démoli Brett pendant leur séance hebdomadaire de boxe avec un coach privé. D'habitude, ces matches amicaux lui permettaient d'évacuer le stress et la tension. Mais aujourd'hui, il avait juste réussi à amocher Brett qui était parti en boitant.

Il ne pouvait pas mettre le nez dehors sans tomber sur un journaliste à l'affût d'une révélation ou d'un commentaire acerbe de sa part concernant son adversaire. Mais il ne tomberait pas dans le piège des petites phrases. Il n'était pas né de la dernière pluie. La campagne se durcissait. À sa connaissance, jamais une élection municipale n'avait suscité autant de passion.

Il sourit en entendant frapper à la porte et résista à l'envie de courir ouvrir à Jessica. Son sourire s'effaça. Alex ?

— Qu'est-ce que tu fais là ?

— Je passais dans le quartier. J'ai eu envie de te faire un petit coucou.

Il fronça les sourcils. Alex habitait à l'autre bout de la ville. Et il ne faisait jamais de « petit coucou ».

— Ne me prends pas pour un idiot. Qu'est-ce qu'il y a ?

— Mais rien. Je voulais juste m'assurer que tout allait bien. Il paraît que tu y es allé fort à la séance de boxe aujourd'hui. Avec le rythme de la campagne, les élections qui approchent, ta relation bizarre avec Jessica, je voulais savoir comment tu gérais la pression.

— Je te remercie de l'intérêt que tu me portes mais tout va bien. Je suis désolé si Brett a mal supporté l'entraînement mais je suis sûr que Rebecca se fera un plaisir de jouer les infirmières. C'est tout ce que tu avais à me dire ?

— Non. Je veux savoir ce qui s'est passé avec Jessica à San Francisco. Tu es parti là-bas bille en tête pour la démolir et à ton retour j'apprends que vous sortez ensemble. Explique-moi, vieux. Je ne comprends pas.

— Il n'y a rien à expliquer.

Il détestait mentir à son ami. C'était la première fois que ça lui arrivait. Ils se connaissaient depuis l'enfance et ils étaient restés amis contre vents et marées.

— Il y a un truc entre Jessica et moi, admit-il, je ne sais pas ce que c'est mais…

Le tintement de la sonnette l'interrompit. Il tourna la tête vers la porte puis regarda Alex qui venait de découvrir la bouteille de vin débouchée sur le comptoir, les deux verres, la table dressée et le dîner prêt à être servi.

— Tu attends quelqu'un ?

— Oui. Et ce n'est pas toi.

Il alla ouvrir à Jessica. Elle sourit en le voyant puis fronça les sourcils en découvrant Alex derrière lui.

— Ne fais pas attention à lui, il allait partir, dit-il.

Il se tourna vers son ami.

— À demain.

— C'est ça, marmonna Alex en sortant.

Rafael ferma la porte et prit une inspiration avant de se tourner vers Jessica.

— Il y a un souci ? demanda-t-elle d'un ton hésitant.

— Aucun, répondit-il en lui servant un verre de vin. Assieds-toi, le dîner est prêt.

Elle regarda les plats à emporter.

— Je pensais que tu allais cuisiner.

— J'en avais l'intention mais je me suis rappelé que je n'avais pas fait de courses depuis le début de la campagne. Mes placards sont vides. Je me suis dit qu'il serait plus simple de faire appel à un chef.

Le rire de Jessica le charma.

— Ça sent très bon.

— Je me suis arrêté au Thalia avant de rentrer.

— Oh ! génial ! Ben m'y a emmenée l'année dernière pour mon anniversaire. C'est un excellent restaurant.

— Ben…, répéta-t-il, une pointe d'agacement dans la voix.

Il ignorait qui était cet homme mais il ne l'aimait pas.

— Tu sais, c'est le garçon qui est entré dans mon bureau après le débat, au moment où nous allions…

Elle s'interrompit et plissa les yeux.

— Tu es jaloux de Ben ? demanda-t-elle en riant.

Il sourit brièvement.

— Non, je ne suis pas jaloux.

Il était trop sûr de lui pour être jaloux de qui que ce soit. Et il n'avait pas de temps à perdre pour ce genre de sottises.

Elle se rapprocha de lui, son verre à la main.

— Ben vit avec moi, susurra-t-elle. Tu es sûr que tu n'es pas jaloux ?

— Sûr et certain.

Il feignait l'indifférence mais il était contrarié. Si elle était en couple avec ce Ben, cela voulait dire qu'elle lui était infidèle. Et s'il y avait une chose au monde qu'il ne supportait pas, c'étaient les tricheurs.

— La jalousie, ce n'est pas mon truc.

— J'aime Ben, souffla-t-elle, un sourire insolent au coin de ses lèvres rouges. Il est la dernière personne que je vois le soir avant de dormir, la première que je vois le matin en me réveillant…

— Et il est où ce soir, pendant que tu es chez moi ? Il est où quand tu vas à San Francisco ?

— Je crois que ce soir il est en compagnie d'un splendide pompier qui a le QI d'une palourde.

Rafael sourit. Tout s'éclairait.

— Il est gay.

— Absolument, acquiesça-t-elle en levant son verre. Et tu es jaloux.

Il fit tinter son verre contre le sien.

— Je ne suis pas jaloux.

— Comme tu veux, dit-elle en portant son verre à ses lèvres.

Visiblement, elle ne le croyait pas. Elle se détourna.

— Ta maison est magnifique.

— Merci. Mais je n'y suis pour rien. Mon amie Alana s'est chargée de tout. Les plans, la décoration, le mobilier… Je regrette de ne pas pouvoir en profiter davantage.

— Tu passes beaucoup de nuits dans ta suite au Paradis Terrestre, je sais. Pourquoi t'es-tu lancé dans la course à la mairie ? Tu auras encore moins de temps pour toi.

Au lieu de répondre, il remplit les assiettes et les apporta sur table.

— Poulet tetrazzini ou dinde bolognaise ?

— Poulet, s'il te plaît.

Il posa l'assiette devant elle et lui tendit des couverts et une serviette.

— Je veux devenir maire parce que j'ai toujours rêvé d'une carrière politique. D'abord la ville, puis le Sénat et pour finir la Maison-Blanche.

— Objectifs ambitieux. Donc, tu te sers des habitants de Las Vegas pour accéder à la plus haute fonction ?

Il poussa un soupir.

— Pourquoi passes-tu ton temps à me dénigrer ? Comme si je ne m'intéressais qu'à ma petite personne. Ce n'est pas le cas. J'ai de l'argent, oui, et je n'ai pas besoin de la politique pour vivre. Mais c'est justement parce que j'ai cette chance que je veux mettre toute mon énergie au service des habitants de cette ville. Je peux rendre leur vie meilleure, je le sais. Mais cela ne m'empêche pas de viser plus haut et plus loin, parce que c'est dans ma nature.

— Tu penses que je ne te connais pas ? Très bien, dis-moi qui tu es.

— Comme tu le sais, mes parents sont venus du Mexique. Mon père a trouvé un emploi de gardien dans un casino et ma mère était femme de ménage à mi-temps dans notre école. Ils nous ont enseigné la valeur du travail et du courage. Grâce à eux, nous avons pu aller à l'école puis à l'université. Mais ce n'était pas simple. Je devais multiplier les petits boulots, le week-end et après les cours, pour payer mes études. Je me suis battu pour me faire une place et j'y suis arrivé. Brillamment. Cela ne fait pas de moi un sale type. Et cela ne signifie pas que j'ai oublié d'où je viens.

— Où sont tes parents aujourd'hui ?

— Toujours aux États-Unis. Ils ont une maison à Henderson.

— Tu as des sœurs, c'est ça ?

— Trois.

Il sourit.

— Deux plus âgées, une plus jeune. Ce sont de vraies chipies par moments, mais je les adore. La cadette est à Haïti actuellement. Elle travaille sur un projet humanitaire.

— Comment as-tu accédé au monde des affaires ? Même si tu évites d'en parler, je sais que tu as des relations très haut placées.

Elle promena un regard appréciateur dans la pièce.

— Et à l'évidence, tu as réussi.

Il hocha la tête.

— C'est vrai. J'ai réalisé de bons investissements et j'ai fait confiance aux bonnes personnes. Mais cela reste avant tout un effort collectif. Alex, Brett, Alana, Gabe et moi travaillons ensemble sur tous nos projets. Chacun ajoute sa pierre à l'édifice. The Brotherhood a réussi à bâtir un petit empire très confortable, conclut-il avec un sourire.

— Et la pierre que tu as apportée, c'est ton poids politique, exact ?

Il sourit mais garda le silence. Il mentirait s'il prétendait qu'il ne s'était jamais servi de son nom ou de sa situation pour faciliter les démarches de ses amis. Il apportait son aide à des catégories de personnes très différentes, y compris à des patrons d'entreprises. Certains auraient pu lui reprocher de naviguer en eaux troubles, mais à ses yeux le résultat primait. Et si au final cela générait des emplois et du profit, tout le monde était gagnant.

— Assez parlé de moi. Et toi ? Quelle est ton histoire ?

Elle dessina des arabesques imaginaires avec son verre, les yeux fixés sur le vin rouge sombre.

— Je suis née ici, à Las Vegas. Ma mère était danseuse de revue. Je n'ai pas connu mon père, il est parti avant ma naissance.

Elle haussa les épaules.

— J'étais très souvent seule, ma mère travaillait la nuit, mais je n'ai jamais manqué d'amour ni d'attention.

— Quand as-tu commencé à faire du strip-tease ?

— J'ai commencé à *danser* à l'université, rectifia-t-elle. Comme toi, je devais payer mes études et mes factures. En regardant ma mère travailler, j'avais appris quelques petits trucs qui font de l'effet sur scène et je prenais des cours quand j'en avais les moyens.

Un pâle sourire effleura ses lèvres.

— La nuit où j'ai dansé pour la première fois en public, j'avais tellement le trac qu'ils ont dû me pousser sur scène. Je me suis trémoussée pendant les trois minutes que durait mon numéro et j'ai gagné quatre cents dollars.

Elle but une gorgée de vin et reposa son verre.

— Finalement, il s'est avéré que j'étais douée. Je me suis piquée au jeu. Tout en continuant mes études, je me suis perfectionnée et j'ai pris des cours de pole dance. Ça m'a plu. J'ai décroché un master de sciences politiques, mais au lieu de chercher du travail, j'ai continué à danser. J'ai participé à des compétitions, je me suis fait un nom petit à petit et j'ai remporté les championnats internationaux.

— Félicitations.

Il était impressionné.

— Et tu vas tout abandonner pour passer tes journées enfermées dans un bureau à la mairie ?

Elle hocha la tête et attaqua son poulet.

— Comme beaucoup de gens dans cette ville, j'en ai assez de ne pas me sentir représentée par les politiques. Il y a un vrai désir de changement. Et tant que les hommes seront au pouvoir, il n'aura pas lieu. J'en suis convaincue.

— Ton message parle aux électeurs.

— Il y a beaucoup de frustration. Pas seulement ici, mais à travers tout le pays.

— Tu fais vraiment du bon boulot. Pour quelqu'un qui débute en politique, tu as réussi une entrée fracassante. Tu m'obliges à travailler deux fois plus dur que je ne l'aurais imaginé.

Son admiration était sincère. Il était épaté.

Elle leva les yeux de son assiette.

— Merci.

— Sinon, tu as des projets ce week-end ?

— Je vais à San Francisco.

Il mangea en silence. Les pâtes étaient délicieuses mais il en sentait à peine le goût. Il n'aimait pas qu'elle retourne là-bas.

Il leva les yeux de son assiette et vit qu'elle l'observait, les sourcils froncés.

— Qu'est-ce qu'il y a ? demanda-t-elle.

— Je suis étonné. Je pensais que tu en avais terminé avec la scène.

— Je veux danser une dernière fois. Ce seront mes adieux à mon public.

— Ça ne me plaît pas.

Il n'avait pas eu l'intention de le dire. C'était sorti tout seul.

Elle eut l'air décontenancée.

— Ce n'est pas à toi de décider. Et j'ai besoin d'argent pour ma campagne.

— Tu aurais dû t'organiser en conséquence. Une candidature, ça se prépare.

Elle lui lança un regard noir.

— Pourquoi la politique devrait-elle être réservée aux gens qui peuvent assurer financièrement leur campagne ? Tout le monde a le droit d'être représenté.

— Entièrement d'accord. Mais rien ne t'oblige à continuer tes strip-teases. Je trouve ça malsain.

Elle se pencha vers lui, le regard dur.

— Je vais te dire un secret, Rafael. La politique est bien plus malsaine que mon numéro de strip-tease. Quand je suis Jessie M, personne ne me traque dans la rue ou ne fouine dans ma vie pour connaître mes secrets. Quand je fais mon numéro sur scène, je suis libre. Les gens viennent me voir danser et ils n'attendent rien d'autre de moi qu'un simple divertissement.

Elle venait peut-être de marquer un point. Il se remit à manger pensivement.

— Et maintenant, tu fais la tête, soupira-t-elle.

— Je ne fais pas la tête.

— Ha ! ironisa-t-elle. Et monsieur a le toupet de prétendre qu'il n'est pas jaloux !

Il rit avec amertume. C'est vrai, il ne l'était pas habituellement. Mais Jessica éveillait en lui des émotions inconnues.

— Tu sais quoi ? Va à San Francisco, je m'en moque, dit-il en portant les assiettes à la cuisine.

Il se lava les mains puis attrapa l'enveloppe noire

et or qu'il avait posée sur le plan de travail pour la lui donner.

— Tiens, c'est pour toi. Il y a une soirée spéciale au Paradis Terrestre, samedi prochain. La nuit des masques. Je voudrais que tu viennes.

Il n'avait encore jamais amené une femme à cette soirée. Et il n'avait jamais invité Jessica à sortir avec lui.

Elle prit l'enveloppe d'un geste hésitant.

— Je ne sais pas. On va nous voir ensemble…

— Tu porteras un masque et même si quelqu'un te voit, il sera tenu au silence. Nous en avons déjà parlé.

— Mais les journalistes…

— L'entrée leur est interdite. Prends le temps d'y réfléchir.

Il lui tendit la main.

— Viens, sortons.

— Où ?

— La nuit est belle, allons sur la terrasse.

Il prit la bouteille de vin, deux verres et se dirigea vers la porte-fenêtre. Le jacuzzi et la piscine étaient éclairés par des spots sous-marins. Une légère vapeur montait de l'eau turquoise chauffée et donnait envie de s'y réfugier. Un air de guitare en fond sonore. De la musique mexicaine, chaude, sexy, entêtante — ses racines.

— Eh bien ! commença Jessica, visiblement impressionnée. Voilà donc comment vit le 1 % de privilégiés ?

Ignorant la pique, il se tourna vers elle en souriant.

— On se baigne ?

— Il fait trop froid.

— Je te réchaufferai.

— Je n'ai pas de maillot de bain.

— Quoi, tu as peur de te mettre nue ? la défia-t-il, en posant la bouteille de vin et en retirant ses chaussures. Je crois que tu cherches surtout un prétexte pour te défiler.

Quand il leva les yeux, elle était en train de faire passer son chemisier par-dessus sa tête.

— Je ne me défile jamais.

Il s'arrêta pour la regarder. Comme elle allait dégrafer son soutien-gorge, elle s'interrompit et leva les yeux vers lui.

— Quoi, tu as peur de te mettre nu ? le défia-t-elle, en reprenant ses mots.

— La photo que je t'ai envoyée l'autre nuit devrait répondre à ta question, dit-il en déboutonnant sa chemise.

Il s'en débarrassa puis fit descendre son pantalon et son boxer sur ses hanches jusqu'à ses chevilles. Il éprouva un sentiment de fierté en voyant qu'elle le dévorait des yeux.

— À toi, dit-il en attendant qu'elle retire son soutien-gorge et sa culotte.

Elle obéit instantanément et il la contempla avec admiration. Elle était parfaite — mince, avec des courbes douces. On devinait les muscles fermes sous sa peau lisse. Impatient, il avança vers elle, la saisit par la taille et l'attira à lui.

Elle n'opposa aucune résistance quand le sexe

dressé de Rafael se pressa contre son ventre tiède. Il mourait d'envie de s'enfouir en elle. Au lieu de ça, il lui enserra la taille de ses bras et sauta dans la piscine, l'entraînant avec elle. Quand ils refirent surface, elle lui donna une tape sur l'épaule en riant.

— C'est malin ! protesta-t-elle en rejetant ses cheveux ruisselants en arrière. Pourquoi as-tu fait ça ?

— Aucune idée.

Il rit et nagea avec elle jusqu'au bord de la piscine où il avait laissé la bouteille et les verres.

— Une impulsion. J'avais chaud.

C'était tellement agréable de rire avec elle. Ils avaient passé trop de temps à s'affronter dans les médias et pendant les réunions du conseil municipal. Il découvrait qu'elle n'était pas seulement têtue, exaspérante et sexy au-delà de ses rêves les plus fous. Elle était également drôle et spirituelle.

Jessica frissonna. Le corps de Rafael était chaud mais l'air était glacé en cette fin octobre.

— Tu as froid ? demanda-t-il en l'attirant plus près de lui.

Elle pressa ses paumes sur son torse et enfouit ses doigts dans la toison sombre qui le couvrait.

— Un peu.

— Tu veux qu'on passe dans le jacuzzi chauffé ?

Elle hocha la tête et il la souleva pour l'asseoir sur le rebord en ciment. Elle regarda ses muscles saillir tandis qu'il se hissait hors de l'eau et déglutit.

Il était réellement splendide. Puissant, terriblement sexy. Il avait un corps parfait.

Elle se laissa glisser dans le jacuzzi et ferma les yeux tandis que les jets massaient ses muscles fatigués. Elle poussa un soupir de bien-être et l'entendit entrer dans l'eau à côté d'elle. Il lui tendit un verre de vin. Il avait l'air pensif.

— Qu'est-ce qu'il y a ?

Il se mit à rire.

— Est-ce que tu m'apprécies un peu ? demanda-t-il avec un sourire en coin.

Elle lui rendit son sourire malgré elle et haussa les épaules. Il se passait quelque chose entre eux, à l'évidence. Elle avait peut-être du respect pour lui. À moins que ce ne soit purement physique. Mais elle devait reconnaître que son regard sur lui commençait à changer.

— Disons que je te déteste moins qu'avant, admit-elle.

— Je veux aller à San Francisco avec toi.

Elle secoua la tête.

— Non.

— Pourquoi ?

— J'ai vu ce qui se passe quand un garçon vient voir danser sa petite amie. À chaque fois, il raconte que ça ne lui pose pas de problème, et subitement, il devient fou et ça se termine mal.

— Mais tu n'es pas ma petite amie. Et j'aimerais te voir danser encore une fois.

— Tu étais déjà furieux après Ben. Je ne t'imagine pas dans un club de strip-tease.

— Je suis déjà venu.

— La situation a changé.

Elle ne savait pas quand ni comment c'était arrivé mais c'était la vérité. Elle aimait sa compagnie, beaucoup même. Et même s'ils étaient toujours des adversaires, ils étaient capables de discuter côte à côte dans un jacuzzi, entièrement nus, et de plaisanter en prélude à l'étreinte torride qui n'allait pas tarder.

— D'accord, je n'irai pas, dit-il.

Elle fut surprise de le voir renoncer aussi facilement.

— Mais tu peux y aller en jet, si tu veux.

En jet ?

— Non, merci. J'ai déjà réservé mes billets. Je peux payer mon voyage.

— Je ne pensais pas à ça. Mais plutôt à t'offrir la possibilité de voler à l'heure de ta convenance.

Il sourit avec une pointe d'humour.

— Tu es bien la seule personne qui se permette de nous envoyer balader, moi et mon jet privé.

— Je n'ai pas l'habitude qu'on m'aide. Je me suis toujours débrouillée seule.

— Tu devrais peut-être apprendre à accepter une main tendue de temps à autre. Il n'y a rien de mal à cela. Ce n'est pas ce que tu affirmais toi-même pendant le débat ?

Sa remarque la surprit. Avait-il raison ? Refusait-elle toute aide extérieure par fierté ? Haussant les épaules, elle but une gorgée de vin, ferma les yeux et laissa les puissants jets du jacuzzi masser ses muscles. Son corps était parfaitement relaxé mais son esprit restait en éveil. Rafael avait une vie luxueuse et confortable… à des années-lumière de son propre quotidien. Ses prestations de danseuse l'aidaient financièrement — elle avait pu acheter une maison, elle s'offrait des voyages de temps à autre et s'autorisait des petits luxes comme le café haut de gamme dont elle avait besoin tous les matins, mais son style de vie restait très modeste. Elle glissa un regard en coin à Rafael. Il avait fermé les yeux et savourait les plaisirs de sa vie de privilégié, la routine pour lui.

Fronçant les sourcils, elle se rendit compte qu'ils appartenaient à deux mondes irrémédiablement opposés. Discuter d'un voyage en jet privé en buvant un vin hors de prix, cela ne lui ressemblait pas. Les nerfs à vif, elle posa son verre et se redressa pour sortir du jacuzzi. Il la retint par le poignet.

— Où vas-tu ?

— Je rentre chez moi.

— Déjà ?

— Rafael, laisse-moi m'en aller.

Il la lâcha.

— Dis-moi au moins pourquoi tu veux brusquement partir. Je pensais que nous passions un bon moment.

— Je dois rentrer. J'ai une vie, du travail.

— Rien d'autre ?

Elle soupira.

— Je ne sais pas ce que nous faisons ici, Rafael. Regarde-nous. Nous sommes adversaires, tu es…

Elle montra le décor d'un geste.

— Tu es tout ça. Pas moi.

— Et donc, nous ne pouvons pas sortir ensemble ? Boire du vin et prendre du bon temps ?

Elle regarda de nouveau autour d'elle, essayant de se rappeler pourquoi elle ne devait pas rester avec lui.

— Nous sommes si différents, dit-elle tout bas.

— Mais nous sommes des êtres humains. Même si nous sommes adversaires, tu remarqueras que nous nous découvrons tous les jours de nouveaux points communs. Nous aimons tous les deux notre famille, nous voulons tous les deux aider notre prochain et nous sommes sexuellement très compatibles. Pourquoi ne pas laisser les choses se faire ?

— Et après ?

Il se leva et lui tendit la main. Elle regarda les gouttelettes ruisseler sur sa peau sombre.

— Quelle importance ? Demain ne m'intéresse pas. Ce soir, la seule chose qui compte pour moi, c'est le moment présent.

Il la tira doucement par le poignet jusqu'à ce qu'elle se rasseye. Puis il lui donna son verre et ils burent dans un silence tendu. Elle tordit ses cheveux et les releva sur sa tête, parvenant, il ne savait comment, à les faire tenir. Seules quelques fines mèches cascadaient sur ses épaules. Il en captura une et l'enroula autour de son index. Son sourire s'effaça et il vit le moment où le désir enflamma son regard.

— C'est de la folie, chuchota-t-elle.

— Je sais.

Il l'attira à lui et l'embrassa. Ses lèvres avaient le goût du vin, mais sa propre saveur était tout aussi enivrante. Il explora sa bouche, goûtant, buvant sa chaleur. Ses gémissements tandis qu'il caressait son dos nu vibraient contre son torse, attisant son désir. Il la souleva. Dans l'eau elle était aussi légère qu'une plume. Elle enroula ses longues cuisses musclées autour de sa taille.

Il traça un sillon de baisers sur sa joue, la ligne élancée de son cou, son épaule, avant de la soulever plus haut et de concentrer son attention sur ses seins pleins, haut dressés. En réponse, elle agrippa ses cheveux et pressa son visage contre elle. Si fort que c'était à peine s'il parvenait à respirer. Quelle mort magnifique ce serait…

Il la souleva pour la faire glisser le long de son sexe bandé. Elle gémit en réponse et le serra encore plus étroitement entre ses jambes. Il l'assit sur le rebord du jacuzzi et se hissa hors de l'eau pour s'allonger sur elle. Il l'embrassa, écartant ses cuisses avec son genou. Il pressa son sexe contre son entrejambe et s'arrêta tout à coup en songeant au préservatif qu'il avait laissé dans son pantalon. Par chance, il était à portée de main. Il le sortit de sa poche et le déroula sur son sexe bandé.

Alors qu'il s'agenouillait, il changea soudain d'avis, la retourna sur le ventre, lui souleva les hanches et la prit dans cette position. Elle laissa échapper un soupir haletant tout en se poussant vers lui. Il la pénétra d'un long coup de reins. Faufilant sa main vers son sexe, il pinça son clitoris entre deux doigts tandis que son autre main il lui donnait une tape sur les fesses qui la fit crier. Elle le regarda par-dessus son épaule, les yeux étincelants de désir.

— Encore, chuchota-t-elle d'une voix défaillante.

En deux coups de reins seulement, il sentit qu'elle se contractait autour de lui. Il la rejoignit avec un cri, laissant le plaisir les submerger tous les deux. Puis il se retira et prit quelques secondes pour enlever le préservatif. Elle en profita pour retourner s'asseoir dans le jacuzzi. Elle avait le regard troublé et un sourire comblé sur les lèvres. Elle était l'image même de la beauté. Il la rejoignit et l'attira dans ses bras. Elle frissonna.

— Toujours froid ?

Elle hocha la tête.

— Un peu.

L'air était frais sur leurs corps mouillés. Il la souleva dans ses bras et la porta dans sa chambre.

11

La sonnerie de son portable réveilla Rafael. En ouvrant les yeux, il nota que le soleil était plus haut dans le ciel qu'il ne l'était d'ordinaire quand il se levait, à 6 heures du matin. Il se sentait reposé, comme s'il avait dormi très longtemps. Il se tourna pour attraper son téléphone sur la table de nuit, il aperçut Jessica à côté de lui. Elle avait passé la nuit avec lui. Elle lui lança un regard ensommeillé tandis qu'il prenait la communication.

— Rafael Martinez, j'écoute ?

— C'est Jillian. Je voulais juste m'assurer que vous alliez bien. Il est 9 heures, et comme vous n'êtes pas venu, je me disais que vous aviez peut-être un problème.

9 heures ? Merde ! Il n'avait pas dormi aussi tard depuis qu'il était gamin. Ils avaient discuté pendant des heures, Jessica et lui. Mais ils n'avaient pas fait que ça et ils avaient fini par s'endormir dans les bras l'un de l'autre.

— Non, non, tout va bien. En fait, je travaille chez moi, ce matin. D'ailleurs, si vous pouviez basculer mes appels sur mon téléphone portable, ça m'arrangerait. Je passerai au bureau dans l'après-midi.

— Pas de problème. Si vous avez besoin de quoi que ce soit, appelez-moi.

— Entendu.

Il coupa la communication et se tourna vers Jessica.

— Quelle heure est-il ? demanda-t-elle en se frottant les yeux.

— 9 h 10.

— Oh mon Dieu.

— Toi non plus, tu ne te lèves pas aussi tard d'habitude ?

— Ça ne m'est pas arrivé depuis des années, dit-elle en sortant du lit.

Il contempla la ligne souple de son dos et la peau douce et lisse de ses fesses. Il retint un gémissement de désir.

— Je peux utiliser ta douche ?

— Bien sûr.

Elle s'arrêta et pencha la tête sur le côté.

— Ça te dirait de te joindre à moi ?

Il repoussa les couvertures, prêt à jaillir du lit, mais son téléphone sonna dans sa main. Le numéro de l'un de ses plus importants soutiens s'afficha sur l'écran. Impossible de ne pas répondre. Chaque fibre de son corps protestait mais la raison l'emporta malgré tout.

— Je ne peux pas. Je suis en retard.

***

En sortant de la salle de bains, Jessica se souvint que ses vêtements étaient restés dehors, près de la piscine. Elle trouva une chemise de Rafael sur une chaise et l'enfila. Elle avait conservé son odeur — épicée, sensuelle mais avec un soupçon de douceur — à son image.

Elle entra dans la cuisine. Il était assis à la table, torse nu, en pantalon de jogging gris. Il buvait du café tout en fixant l'écran d'une tablette. Il ne se rendit pas compte de sa présence tandis qu'elle s'approchait par-derrière, admirant son dos large et musclé. Il était magnifique, puissant, tout en muscles durs sous sa peau hâlée. Il tourna la tête et l'aperçut.

Il lui montra la tablette.

— On dirait que je suis passé à nouveau devant.

— Ah oui ?

Elle se dirigea vers la cafetière électrique. Il avait sorti un mug pour elle et elle se servit avant de le rejoindre à table. Regardant par-dessus son épaule, elle lut l'article. C'était vrai, Rafael avait gagné des points et elle en avait perdu. Ils se volaient la première place tous les jours. Ils étaient au coude à coude depuis une semaine maintenant. Cachant sa contrariété, elle pointa un doigt sur la photo qui illustrait l'article. Elle avait été prise pendant une soirée de gala en ville. Il portait un smoking et arborait un sourire éclatant.

— Je suis sûre que c'est pour ça que tu es en tête. Les gens votent pour toi parce que tu es beau gosse.

— Sérieux ? demanda-t-il avec un sourire amusé.

Elle hocha la tête.

— C'est l'année des hommes politiques sexy. Tu es dans l'air du temps.

Il la fixa pendant une minute puis éclata de rire.

— Ton discours ne tient pas la route, ma belle. Tu t'es regardée dans une glace ?

Il posa la tablette et ils burent leur café en s'observant par-dessus leur tasse. C'était un moment paisible, délicieusement familier. Deux amants qui boivent leur café du matin avant de partir travailler.

Elle tourna la tête en entendant sonner son propre portable, essayant de repérer l'endroit où elle avait posé son sac la nuit dernière. C'était Gordon.

— Tu as vu les derniers sondages ?

— À l'instant, oui.

— J'ai une journée de fou mais on devrait se voir ce soir pour réexaminer notre stratégie. Si quelqu'un peut tirer profit de ce genre de remontée, c'est Martinez.

Il avait raison.

— Entendu. J'ai des réunions cet après-midi mais retrouvons-nous ce soir avec l'équipe.

Elle coupa la communication et se tourna vers Rafael.

— Il faut que je parte.

— On se voit demain soir ? demanda-t-il en la prenant par la taille.

— Mmm… Peut-être, susurra-t-elle en se glissant instantanément dans son rôle de femme amoureuse.

Elle voulait le revoir. Elle devenait complètement accro à cet homme.

— J'ai une séance de travail ce soir, dit-elle. Mais je pourrai peut-être passer après s'il n'est pas trop tard ?

Il fit descendre ses mains le long de ses hanches et prit ses fesses en coupe.

— Une réunion d'urgence pour essayer de trouver un moyen de me battre ?

— Maintenant que tu remontes dans les sondages, tu joues les crâneurs ?

Il poussa ses hanches contre elle. Elle sentit son sexe dur contre son ventre.

— Tu peux constater à quel point je crâne.

Elle se frotta contre lui, lui tirant un grondement rauque. Il essaya de l'attirer plus près mais elle lui échappa avec un rire espiègle.

— À ce soir, peut-être.

— Tu as réfléchi à la nuit des masques ?

Le carton d'invitation était dans son sac.

— Oui. Je viendrai.

Il sourit. Cette fois, elle le laissa la prendre dans ses bras.

— Merci.

Il l'embrassa et ce fut un baiser très doux, différent. Elle enroula ses bras autour de sa taille et s'abandonna. Elle était presque entièrement sous son charme quand la sonnerie d'un téléphone les interrompit. Cette fois c'était celui de Rafael et ils se séparèrent.

— Va travailler, dit-elle. Je ne voudrais pas qu'on m'accuse de t'avoir détourné de tes électeurs.

*
* *

Deux heures plus tard, Rafael était plongé dans un épineux projet de financement quand on frappa à la porte de son bureau. Il réprima un soupir.

— Entrez.

Il aimait se montrer disponible mais ce n'était pas vraiment le moment de venir le déranger. Il avait pris un retard phénoménal dans son travail et il allait avoir du mal à le rattraper. La porte s'ouvrit. À sa grande surprise, Alex apparut. Rafael leva les yeux au ciel et retourna à son ordinateur et à la feuille de calcul du budget sur l'écran.

— Qu'est-ce qu'il y a ?

— Il faut que nous parlions.

Alex entra et ferma la porte derrière lui.

— Si c'est pour me faire le même laïus qu'hier soir, ce n'est pas la peine.

— Écoute, je sais que je te harcèle et je sais que tu es avec Jessica, même si je ne comprends pas bien ce que vous fabriquez. Mais je m'inquiète pour toi.

— Tu n'as aucune raison d'être inquiet. Je contrôle la situation.

— Il n'y a pas que ton élection en jeu. Nous avons tous misé sur ta victoire. Ça nous navre de voir que tu sabordes bêtement tes chances.

Rafael savait que son ascension politique servirait le groupe. Chaque fois qu'il se laissait distraire ou qu'il perdait son objectif de vue, la victoire s'éloignait un peu plus. Il n'avait pas le droit de les décevoir. Et il n'en avait pas l'intention.

— Dis-nous au moins ce qui se passe, l'implora

Alex. Je croyais que nous n'avions pas de secrets les uns pour les autres ?

Rafael secoua la tête.

— Je ne peux pas. Tu en sais déjà trop. Le reste ne regarde que Jessica et moi. Personne d'autre.

— Tu as pensé aux conséquences d'une défaite pour le groupe ?

Rafael garda le silence, mal à l'aise. C'était la première fois que ses amis l'accusaient de trahison. Et s'ils avaient raison ? S'il était en train de tout bousiller, au risque de perdre leur confiance et leur amitié ?

— C'est vrai, j'ai perdu ma concentration, ces derniers temps, admit-il. Mais je sais ce que je dois à chacun de vous et je n'oublie pas que nous ne faisons qu'un.

— Tu as une information qui te permettrait de gagner à coup sûr, lui rappela Alex. Vas-tu oui ou non l'utiliser ?

— Non.

— Et si elle lâche le morceau sur le club ?

— Elle ne le fera pas.

Alex se pencha vers lui.

— Il faut l'éliminer de la course, Raf. Ça devient urgent. Ça va se jouer dans un mouchoir de poche. Tu peux perdre.

— Je refuse de gagner de cette façon.

— D'accord. Alors il va falloir mettre en place une nouvelle stratégie. Parce que là tu vas droit dans le mur !

Alex se leva.

— Je dois partir, j'ai deux réunions. Mais réfléchis à ce que je viens de dire.

Une fois seul, Rafael s'adossa à sa chaise. Alex avait raison mais il n'avait pas réellement mesuré l'importance de sa victoire pour ses amis. Ils avaient tous des projets et avoir un allié à la mairie serait un atout de poids. Il n'y avait rien de répréhensible à cela. La politique était un business comme un autre.

Il devait gagner. Mais il n'était pas prêt pour autant à trahir Jessica. Il serait pourtant facile de tuer le match. Il suffirait d'un coup de fil ou d'un mail anonymes. Il regarda son ordinateur. Il pouvait envoyer un message à Tanya Roberts, la journaliste de LVTV, ou lancer une rumeur sur les réseaux sociaux. Mais il ne le ferait pas. Impossible. Il se leva et regarda sans les voir les gratte-ciel de Las Vegas, de l'autre côté de la fenêtre. Il avait toujours contrôlé tous les compartiments de sa vie. Comment diable en était-il arrivé à cette situation de chaos ?

— Tu n'es pas rentrée de la nuit, lança Ben en pointant sa fourchette vers Jessica.

— Ne me menace pas avec ta salade de chou, répondit-elle en souriant.

Elle l'avait invité à déjeuner dans une brasserie à la mode. Elle voulait passer un peu de temps avec son ami avant de se plonger dans le travail et, vu l'emploi du temps surchargé des deux prochaines semaines, elle n'aurait plus une minute pour elle.

— Où étais-tu ? Encore avec Rafael ?

Comme elle ne répondait pas, il poursuivit pour lui-même :

— C'est sûr, elle était avec Monsieur-je-fais-tomber-les-filles-comme-des-mouches parce que si c'était avec quelqu'un d'autre, elle te le dirait, Ben, puisque tu es la personne qu'elle adore le plus sur la planète.

Jessica regarda dans la salle de restaurant pour s'assurer que personne n'écoutait et se pencha vers lui.

— D'accord, j'étais avec Rafael.

— Il va me falloir plus de détails, chérie.

— Je ne sais pas quoi dire.

— Longueur ? Circonférence ?

— Plus que parfaites, merci.

Elle entendit une voix prononcer son nom et aperçut deux jeunes femmes assises à quelques mètres d'eux qui la regardaient. Elle leur adressa un sourire et elles se levèrent pour la rejoindre.

— Vous êtes Jessica Morgan ?

— C'est bien moi. Comment allez-vous ? demanda-t-elle en leur tendant la main.

Elles la serrèrent timidement à tour de rôle.

— Nous voulions juste vous dire que vous étiez un véritable modèle pour nous. Vous êtes vraiment géniale !

— Oh ! merci beaucoup.

— Non, c'est nous qui vous remercions. Vous représentez toutes les femmes à qui on a toujours dit qu'elles devaient se taire et laisser les hommes décider. Nous avons lancé un mouvement sur le campus pour que les étudiants s'intéressent davantage à la politique locale et aillent voter aux élections municipales.

Jessica était stupéfaite.

— Je vous félicite. C'est pour les gens de votre génération que je me suis lancée dans la bataille. Ce que vous venez de me dire me touche beaucoup.

Elles eurent l'air embarrassées.

— Nous voulions juste vous remercier. Et vous souhaiter bonne chance.

Jessica était émue aux larmes quand les deux jeunes femmes regagnèrent leur table.

— C'est incroyable. Tu as entendu ce qu'elles ont dit ? C'est pour ça que je suis entrée en politique.

— Oui, oui, marmonna Ben, visiblement très peu concerné par ce qui venait de se passer. Parle-moi plutôt de qui tu sais. Ça se passe comment hors du ring ?

Elle poussa un soupir.

— Tu veux dire en dehors du fait que nous sommes adversaires et qu'il est la dernière personne sur Terre avec qui je devrais sortir ? Ça se passe bien. Trop bien, même.

Il sourit.

— C'est peut-être justement ce qui ajoute du piment à l'histoire.

— Non, il incarne tout ce que je déteste. Et tu verrais sa maison ! Un vrai palace. Tu as entendu ce que disaient ces jeunes femmes à l'instant ? Elles croient en moi. Et moi je pactise avec l'ennemi !

— Tu te tortures pour rien. Ce n'est que du sexe, non ?

Ben l'observa, les paupières plissées.

— À moins, bien sûr, que tu aies des *sentiments* pour lui.

Elle cilla. Des sentiments ? Non. Elle ne voulait surtout pas en avoir pour lui.

— Je ne sais pas, soupira-t-elle. Je n'aime pas ce qu'il représente, mais plus j'apprends à le connaître, plus je l'apprécie.

Elle mangea sa salade, pensive. Elle ne s'était pas autorisée à y réfléchir vraiment, mais c'était la vérité. Son cœur battait très fort chaque fois qu'elle pensait à lui ou qu'ils avaient rendez-vous.

Ben haussa les épaules.

— Tu l'apprécies, bon. Qu'est-ce qu'il y a de mal à ça ?

— Nous ne vivons pas sur la même planète. Sur le plan sexuel, c'est fabuleux. Mais ça ne suffit pas pour construire une relation. Nous sommes trop différents. Il est arrogant, suffisant, provocateur, exigeant. Je ne peux pas sortir avec un homme comme lui.

— Qui essaies-tu de convaincre ? Moi ou toi ?

Elle se mordit la lèvre. Par moments, elle avait l'impression que Ben la connaissait mieux qu'elle ne se connaissait elle-même.

— Tu vas le revoir ?

— Oui, admit-elle avec un soupir. Il m'a invitée à la soirée masquée du Paradis Terrestre, le week-end prochain.

— Donc, tu ne peux pas sortir avec lui…, mais tu vas sortir avec lui.

— C'est nul, je sais, soupira-t-elle en se prenant la tête dans les mains.

— Tu es sûre que tu ne cherches pas simplement des excuses pour ne pas être heureuse ? Tu essaies de le tenir à distance parce que tu as peur de découvrir qu'il n'est en réalité qu'un connard de privilégié de plus ?

Elle le dévisagea sans répondre. Ben était perspicace, et l'entendre dire tout haut des vérités la faisait réfléchir. Peut-être appréciait-elle Rafael plus qu'elle ne le voulait. Pendant longtemps, elle l'avait considéré comme la racine de tous les maux, de toutes les inégalités qui gangrenaient la ville. Et pourtant, elle ne le détestait pas, loin de là. Quels enseignements devait-elle en tirer sur elle-même ?

12

Rafael descendit de sa voiture avec chauffeur, tira sur les manches de sa veste de smoking noir et mit un loup noir sur ses yeux. La nuit des masques était l'une des soirées les plus populaires du Paradis Terrestre. C'était aussi l'une de ses préférées. Pourtant, comme chaque fois qu'il s'apprêtait à voir Jessica, il se sentait nerveux.

Il lui avait proposé de passer la prendre mais elle avait refusé. Il savait pourquoi : elle devenait de plus en plus paranoïaque à l'idée qu'on les voie ensemble. Pour la rassurer, il lui avait envoyé une autre voiture avec chauffeur et on venait de l'informer qu'elle était arrivée voilà quelques minutes.

La soirée battait déjà son plein quand il franchit les portes du club. Les habitués n'auraient manqué pour rien au monde cette fête bisannuelle. Malgré l'affluence, Rafael repéra immédiatement Jessica. Son masque en dentelle noire dissimulait le haut de son visage mais il aurait reconnu son corps entre mille.

— J'aime ta tenue, lui chuchota-t-il à l'oreille, la faisant tressaillir.

Il la dévora des yeux. Sa robe découvrait entièrement son dos et le décolleté en V descendait presque jusqu'à son nombril. Le tissu fluide tombait jusqu'à ses pieds mais une fente s'ouvrait très haut sur sa cuisse.

Il vit une lueur malicieuse danser dans ses yeux verts à travers le masque.

— Contente qu'elle te plaise.

— Je l'adore. Mais je crois que je l'aimerai encore plus tout à l'heure quand elle sera en chiffon sur le sol de ma chambre.

Il inclina son visage vers elle et effleura ses lèvres d'un baiser mais elle se raidit avant de reculer.

— Raf, murmura-t-elle en regardant la foule autour d'eux. Je ne sais pas si c'est une bonne idée.

— Je te l'ai dit, ici, personne ne se soucie de savoir qui nous sommes.

— Désolée, mais je n'ai pas autant confiance que toi en la nature humaine.

— Détends-toi, dit-il pour l'apaiser tout en faisant glisser ses doigts le long de son dos.

Il sentit son frisson et sourit de savoir qu'il pouvait la troubler d'un simple geste.

— On s'installe à une table ?

— Oui, bien sûr.

Elle avait besoin de s'asseoir. Et de boire quelque chose de fort. Elle avait beau essayer de se raisonner, chaque fois qu'elle était en présence de Rafael, toutes ses belles résolutions l'abandonnaient. Elle n'aurait pas dû venir. Sa carrière politique serait ruinée si leur relation — quel que soit son nom — venait à s'ébruiter. On enquêterait, on fouillerait dans sa vie et inévitablement on découvrirait son activité de strip-teaseuse.

Rafael glissa sa main dans la sienne et la guida vers un escalier conduisant à une table qui surplombait la salle. Une table déjà occupée par quatre hommes et deux femmes. Malgré son loup violet, elle reconnut immédiatement l'un d'entre eux, c'était Alex, le directeur de campagne de Rafael. Il fronça les sourcils en la voyant et elle nota le regard teinté de défi que lui lança Rafael. Manifestement, Alex l'avait reconnue et il désapprouvait sa venue. À la façon dont tout le monde la dévisageait, sa présence aux côtés de Rafael était un événement.

— Je vous présente Jessica. Je l'ai invitée à se joindre à nous ce soir.

Rafael fit le tour de la table pour lui présenter ses amis. Elle était donc face à The Brotherhood au grand complet.

— Je comprends mieux la présence d'une septième chaise, dit Brett en relevant son loup de velours bleu pour mieux la dévisager.

Alana, une jeune femme blonde à la beauté éclatante, l'observa pensivement à travers les fentes de son masque argenté.

— Quand Rafael nous a dit qu'il amenait une invitée, nous ne savions vraiment pas à quoi nous attendre. En tout cas, pas à Jessica Morgan.

Gabe, l'homme au masque rouge assis à côté

d'elle, posa nonchalamment un bras sur le dossier de sa chaise.

— Parle pour toi. Quand on y réfléchit, c'est tout à fait dans sa logique suicidaire.

— Essayez de vous comporter comme des adultes civilisés, dit Rafael avec un soupir.

— Mais c'est ce que nous faisons, acquiesça Alana en tendant la main à Jessica par-dessus la table. Enchantée de te rencontrer.

— Moi de même, dit Jessica en lui serrant la main. Merci de m'accueillir parmi vous.

Elle se tourna vers Rafael.

— Et merci pour l'invitation.

— Je me demande ce qui t'a poussée à venir, dit Alex. Après le débat, on aurait pu croire qu'il était le diable en personne.

— Al, murmura Rafael, les dents serrées.

— Quoi ? Je suis le seul à m'étonner que vous passiez autant de temps ensemble tous les deux alors que vous êtes en concurrence directe dans une élection ?

Jessica ouvrit la bouche pour répondre mais Rafael ne lui en laissa pas le temps. Il repoussa sa chaise.

— Suis-moi, dit-il à son ami.

Alex s'adossa tranquillement à son siège et but une gorgée du liquide sombre dans son verre.

— Pourquoi ? Je suis très bien ici.

Jessica observa la bataille d'ego à laquelle se livraient les deux hommes. Elle remarqua également les regards qu'échangeaient les autres membres du groupe — un dialogue silencieux entre des amis très proches. Après plusieurs secondes de tension, Alex céda et se leva.

— Je reviens dans deux minutes, dit Rafael avant de s'éloigner avec lui.

Il y eut un long moment de gêne autour de la table. Jessica secoua la tête.

— Je vais rentrer chez moi. Je n'aurais pas dû venir.

Alana lui sourit.

— Ne t'inquiète pas. Alex et Rafael sont amis depuis l'enfance, ils s'adorent. De temps en temps, ça tourne à l'orage et puis ça passe. Ils vont s'envoyer des noms d'oiseaux à la figure et revenir s'asseoir tranquillement.

— Je suis désolée si je vous cause des problèmes, à vous et à Rafael.

Brett se renversa sur sa chaise.

— Ne t'inquiète pas pour nous.

Il but une gorgée de sa boisson pétillante.

— Mais le fait que tu sortes avec Rafael est très intéressant vu la façon dont tu l'étrilles dans la presse et les médias. Je ne lui connaissais pas cette fibre masochiste.

— Rafael a beaucoup trop de certitudes, rétorqua-t-elle avec humour. Et la technique de la cravache est excellente pour avancer.

Alana la dévisagea, bouche bée, avant d'éclater de rire.

— Alors ça ! Comme quoi on en apprend tous les jours !

Jessica sentit ses joues s'enflammer sous son

masque. Ils ne croyaient quand même pas qu'elle parlait sérieusement ?

— C'était une image. Évidemment je n'ai pas…

Par chance, une serveuse vint prendre sa commande, la sauvant du désastre.

Rebecca, la femme de Brett, qui portait un masque rose, se pencha vers elle.

— La campagne n'est pas trop rude ?

— Si. C'est beaucoup de travail et de stress. Les responsabilités qui incombent à un maire sont très différentes de celles d'un conseiller municipal mais le défi ne me fait pas peur.

— Ni le fait d'être constamment sous le regard du public ? Raf et toi avez vos visages placardés partout. Ce doit être compliqué à vivre, non ?

— Pas vraiment. La publicité gratuite est bonne à prendre, d'où qu'elle vienne. Tant qu'on parle de mon message politique et non de ma vie privée, cela ne me pose pas de problème.

— Pourquoi ? Tu as peur qu'on découvre quelque chose sur ta vie privée ? demanda Gabe en se penchant vers elle.

On lui avait dit qu'il était avocat et elle pouvait s'en rendre compte à la façon dont il venait de mettre le doigt sur la petite phrase imprudente qu'elle avait laissée échapper.

— Comme tout le monde, je suppose.

Elle tenta de s'en sortir par une pirouette mais Gabe n'eut pas l'air convaincu. Elle poussa un soupir.

— En fait, je ne suis pas embarrassée à l'idée

qu'on découvre la vérité. Je suis juste fatiguée de la cacher.

Si Rafael avait suffisamment confiance en eux pour la conduire à leur table, elle pouvait sans doute parler franchement sans craindre qu'ils la trahissent. Elle haussa les épaules.

— Je suis strip-teaseuse.

Tous les regards se fixèrent sur elle.

— Je fais un numéro de danse dans un cabaret de San Francisco presque tous les week-ends.

Comme le groupe restait muet de stupéfaction, elle poursuivit :

— Je suis championne du monde de pole dancing.

Personne ne bougea et elle regretta d'avoir parlé. Pourquoi n'avait-elle pas tenu sa fichue langue ?

— Alors ça !

L'exclamation stupéfaite d'Alana la fit sursauter.

— C'est vraiment génial !

Jessica se détendit tandis que Rebecca hochait la tête.

— Il faut absolument que tu me donnes des cours.

— Hé, moi je suis d'accord ! approuva Brett en passant son bras autour des épaules de sa femme.

Tout le monde éclata de rire. Jessica mêla son rire aux leurs, puis elle se crispa de nouveau en apercevant Rafael et Alex face à face. La discussion avait l'air tendue. La dernière chose qu'elle voulait, c'était dresser Rafael et son meilleur ami l'un contre l'autre.

— Si vous voulez bien m'excuser, dit-elle en se

levant, il faut que j'aille me rafraîchir aux toilettes. Il fait chaud sous ce masque.

Alors qu'elle s'éloignait, elle sentit leurs regards dans son dos.

— C'est quoi ton problème ? demanda Rafael à Alex quand ils furent seuls.

Il était en colère, mais il savait qu'ils ne pouvaient pas se disputer devant leurs invités au cours d'une soirée aussi importante que celle de la nuit des masques.

— Je n'ai aucun problème, affirma Alex. Je suis simplement curieux. Pourquoi as-tu amené Jessica ici ?

— Parce que j'en avais envie ! Je voulais qu'elle soit avec moi.

— Tu es son amant ?

Rafael garda le silence.

— Écoute, toi et moi on s'est toujours tout dit. Tu n'es plus le même depuis ton retour de San Francisco. J'en déduis que ça a un rapport avec Jessica. Qu'est-ce qui se passe entre vous ?

— On couche ensemble, admit Rafael.

— Grande nouvelle ! C'est tout ce que tu as à m'offrir ? Je te connais comme si je t'avais fait. Depuis combien de temps dure notre amitié ?

— Trop longtemps, rétorqua Rafael en serrant les poings.

— On se connaît depuis toujours, mon vieux. On a tout vécu ensemble, des choses drôles et des choses moins drôles. Je pensais que tu me faisais confiance mais je constate que je me suis trompé.

Rafael poussa un profond soupir. Il en avait assez de mentir, de cacher ses sentiments. Il était fatigué. Pendant des semaines, il avait pensé qu'Alex était en colère parce qu'il mettait en péril la campagne. En réalité, son ami était surtout blessé d'être tenu à l'écart.

— Au départ, ça devait juste être un coup d'une nuit, et puis… Je ne sais pas ce qui m'arrive. Elle me rend fou. Quand je suis avec elle, j'oublie que nous sommes adversaires et que je ne devrais pas coucher avec elle.

— Non, tu ne devrais pas, dit calmement Alex. Parce que tu dois rester concentré sur ton objectif : gagner les élections. Si c'était seulement une affaire de sexe, je te dirais vas-y, détends-toi, ça ne peut que te faire du bien. Mais pas avec elle. Elle a le pouvoir de détruire tout ce pour quoi tu as travaillé. Renonce à elle pendant qu'il en est encore temps !

— Tu me donnes des ordres, maintenant ? Ce n'est quand même pas toi qui vas me dire avec qui je peux coucher ou pas !

— Bon sang, je n'aurais jamais imaginé que tu puisses être aussi borné. Qu'est-ce que tu vas faire ? Saboter ta campagne pour la laisser gagner ?

— Évidemment non ! Je sais que vous êtes tous derrière moi et je ne veux pas vous décevoir.

— Et si sa stratégie c'était de te distraire pour te faire perdre ?

— Impossible.

Alex resta silencieux un moment puis hocha la tête.

— D'accord. Alors ce n'est plus l'ami qui te parle mais ton directeur de campagne. Tu as vu les derniers sondages ?

Au ton de sa voix, ils ne devaient pas être bons.

— Non.

— Tu as rechuté. De quatre points.

— Merde.

— Il faut te ressaisir, mon vieux. C'est la dernière ligne droite, il ne reste que deux semaines avant le vote. Tu dois mettre les mains dans le cambouis sans te soucier de salir ton adversaire. La politique ne fait pas de sentiments. Tu as encore envie de gagner au moins ?

— Évidemment ! riposta Rafael. Ma relation avec Jessica n'a rien à voir avec mon ambition. Je ferai tout ce qu'il faut pour gagner. Absolument tout !

Il vit le regard d'Alex fixer un point derrière lui et se retourna. Jessica était là. Il ne l'avait pas entendue approcher.

— Ça va ? demanda-t-il.

— Très bien, oui. Je suis allée me rafraîchir aux toilettes.

Sa voix neutre ne trahissait aucune émotion. Avait-elle entendu la fin de la conversation, quand il avait affirmé qu'il était prêt à tout pour gagner ?

Jessica regagna sa place et fut aussitôt assaillie de questions. Apparemment, sa carrière de danseuse passionnait les amis de Rafael.

— Je suppose qu'après les élections, la danse sera finie pour toi ? demanda Gabe.

Rafael apparut derrière eux et tira une chaise pour s'asseoir à côté d'elle. Il était seul. Alex avait disparu.

— Me revoilà, dit-il. De quoi parliez-vous ?

— Jessica nous racontait sa passion pour la scène, dit Gabe.

Rafael eut l'air stupéfait.

— Vraiment ?

— Oh ! j'ai une idée ! dit soudain Alana, les yeux brillants. Tu devrais faire ton numéro ici ! Ce serait génial. Une championne du monde de pole dance ! Les clients du club vont adorer !

Jessica sentit le regard de Rafael sur elle. Il était contre le fait qu'elle continue à danser, elle le savait. Que pensait-il de la proposition de son amie ?

— C'est hors de question, dit-il.

— Et pourquoi donc ? demanda Alana.

— Parce que je ne danse pas à Vegas, dit Jessica sans lui laisser le temps de répondre. C'est trop risqué, on pourrait me reconnaître.

— Les membres du club sont liés par une clause de confidentialité, lui rappela Gabe. Ils ne diront rien. Et puis tu n'as qu'à porter un masque.

— Je ne sais pas…

Elle regarda les visages pleins d'espoir autour de la table. Rafael était le seul qui montrait clairement son désaccord.

— Nous organisons régulièrement des shows

nocturnes, insista Gabe. Il y a déjà une scène, des projecteurs. Il suffirait d'installer une barre.

— Je m'occuperai de l'organisation, dit Alana en sortant son smartphone de son sac.

Elle consulta l'écran, le fit glisser plusieurs fois vers le bas puis leva les yeux.

— Pourquoi pas vendredi ?

— Ce vendredi ?

Jessica réfléchit à toute vitesse. Elle avait un million de choses à faire. L'élection aurait lieu la semaine d'après. Elle se mordit la lèvre. De quoi avait-elle peur ? Elle adorait danser et elle savait combien ça lui manquerait quand elle devrait arrêter. Le Paradis Terrestre lui offrait la chance de se produire une dernière fois. Elle regarda Rafael et sentit un bref soupçon lui serrer le ventre. Et s'il la trahissait ? Elle l'avait entendu dire à Alex : « je ferai tout pour gagner ».

Oh ! et puis au diable la prudence ! Elle avait trop envie de monter sur scène une dernière fois.

— Je persiste à dire que ce n'est pas une bonne idée, insista Rafael.

Elle posa la main sur sa cuisse sous la table et la pressa tandis qu'il la couvrait de la sienne. C'était un de ces petits gestes que font des amoureux. Elle ferma les yeux et essaya de se rappeler à elle-même qu'ils n'étaient pas amoureux et qu'ils devaient mettre un terme à cette relation, sans quoi ils risquaient d'être démasqués.

— C'est d'accord, dit-elle tout haut.

— Génial ! s'écria Alana.

Tout le monde se mit à parler en même temps autour de la table. Jessica caressa doucement la cuisse de Rafael jusqu'à ce qu'elle sente sa tension se relâcher. Il passa son bras autour de sa taille.

— Viens.

Ils descendirent les marches et se mêlèrent aux invités.

— Je sais que tu n'approuves pas ma décision, mais après tout tu voulais me voir danser, non ?

— C'est plus fort que moi. Une partie de moi que je n'arrive pas à contrôler ne veut pas qu'un autre homme te voie.

Elle allait lui signaler qu'il n'avait pas un droit d'exclusivité sur elle quand elle se figea.

— Oh mon Dieu, chuchota-t-elle.

— Quoi ?

Elle tendit le doigt vers une femme dans la foule. Elle portait un loup mais on la reconnaissait aisément.

— C'est Tanya Roberts. De LVTV.

— Merde, marmonna Rafael. Comment est-elle entrée ? La presse n'est pas autorisée à venir ici, même dans le cadre d'un reportage.

— N'empêche qu'elle est là !

— Ne t'inquiète pas. Alana va demander qui l'a invitée et elle fera supprimer définitivement les privilèges de cette personne. Et si Tanya Roberts écrit quoi que ce soit sur nous dans la presse, on l'attaquera.

— Tu peux dire ce que tu veux, tu ne m'empêcheras pas de m'inquiéter. Je ne peux pas être vue ici, avec toi, dans ton club libertin.

Elle essaya de retrouver sa respiration. Elle savait depuis le début qu'elle n'aurait pas dû venir. Pourquoi n'avait-elle pas écouté la voix de sa raison ?

— Je veux partir.

— D'accord. Pour aller où ?

— Je veux rentrer chez moi.

Rafael hocha la tête.

— OK. Je t'emmène.

Rafael ferma son portable tandis que son chauffeur les conduisait chez Jessica. Ils avaient quitté le club précipitamment, mais pas sans avoir informé Alana et le service de sécurité qu'une journaliste très connue avait réussi à y entrer. Des têtes allaient tomber.

— C'est ici, dit Jessica.

Le chauffeur gara la voiture dans sa petite allée. La soirée avait été un fiasco de bout en bout. Il s'était disputé avec Alex, une journaliste les avait probablement vus ensemble et un gouffre s'était creusé entre Jessica et lui. Il sentait la distance entre eux s'élargir de seconde en seconde.

— Je t'accompagne jusqu'à ta porte.

— Si tu y tiens, soupira-t-elle en descendant de voiture.

Comme elle cherchait ses clés dans son sac, il scruta l'allée derrière lui, les sens en alerte au cas où on les épierait. Il était convaincu du contraire mais mieux valait être prudent. Si Tanya Roberts les avait vus ensemble, elle ne les lâcherait plus.

Jessica inséra la clé dans la serrure et soudain il eut l'affreux sentiment que s'il la laissait entrer seule, il ne la reverrait jamais.

— Je suis vraiment désolé de la façon dont la soirée a tourné, dit-il.

— Moi aussi.

Elle lança des regards inquiets dans la rue, scrutant les alentours comme si elle s'attendait à voir surgir des photographes.

— Nous ne devrions pas nous attarder devant la porte, murmura-t-elle.

— Tu m'invites à entrer ?

Elle s'effaça.

— Viens, dit-elle d'une voix dénuée d'émotion.

Il ferma la porte derrière eux et poussa le verrou.

— Qu'est-ce qui ne va pas ?

— Rien.

— Tu mens très mal.

— Je suis fatiguée, c'est tout.

— Tu veux que je parte ?

Jessica soupira. Sa raison lui criait de dire à Rafael de s'en aller. Mais la femme en elle voulait qu'il reste. Et ce fut elle qui gagna la bataille. Saisissant les revers de sa veste de smoking, elle l'attira à elle et l'embrassa. Ses sentiments pour lui avaient beau être confus, cela ne l'empêchait pas de le désirer encore et toujours.

Il lui enserra la taille de ses deux mains et la serra contre lui. Prenant le contrôle, il la plaqua contre le mur et l'embrassa passionnément avant de la faire pivoter sur elle-même.

— Tu es en colère contre moi ? souffla-t-il en pressant sa bouche sur sa nuque.

— En règle générale, oui.

Son rire la fit frissonner tandis qu'il laissait descendre ses mains le long de son dos jusqu'à ses fesses. Elle bascula la tête en arrière en gémissant. Maudite faiblesse. Comment une femme qui se revendiquait forte et indépendante pouvait-elle se laisser dominer de cette façon ?

— Où est ta chambre ?

Elle l'entraîna dans l'escalier. La porte de Ben était ouverte, signe qu'il était sorti. Une chance. Elle ouvrit celle de sa chambre, alluma la lumière en la réglant au minimum de son intensité afin de créer une atmosphère intime dans la pièce. Rafael l'enlaça par-derrière. Elle s'appuya à lui tandis qu'il déposait une pluie de baisers sur sa nuque.

— Je n'ai pas de préservatif, souffla-t-il contre sa peau électrisée. Tu en as ?

— Oui.

Elle ouvrit le tiroir de la table de nuit, posa la boîte sur le lit.

— Parfait, chuchota-t-il en baissant les fines bretelles de sa robe.

Le tissu resta accroché à ses seins et il le fit descendre jusqu'à ses hanches. Elle ne portait pas de soutien-gorge et il prit les deux globes dans ses paumes, pinçant les pointes durcies, lui tirant un cri. Il embrassa une épaule, puis l'autre, avant de la faire pivoter vers lui pour s'emparer de ses lèvres. Leurs baisers avaient toujours été ardents et passionnés mais ce soir il l'embrassa tendrement, avec respect, tout en l'allongeant sur le lit.

Il fit glisser sa robe le long de ses jambes et se débarrassa rapidement de ses propres vêtements. En l'espace de quelques instants ils furent nus tous les deux, avides de se toucher, de s'aimer. Jessica ne parvenait pas à se rassasier du corps ferme de Rafael, de ses muscles durs, de sa toison rude. Il se plaça entre ses jambes, ses cuisses enserrant sa taille, comme s'il avait été créé pour elle. Il était parfait. Parfait pour elle.

Il attrapa un préservatif dans la boîte, le déroula d'un geste habile et entra en elle d'une longue poussée. La sensation était devenue si familière. Jessica se souleva pour aller au-devant de lui. Leurs yeux se soudèrent. Sans la quitter du regard, il continua à aller et venir en elle au même rythme attentif, allumant en elle un feu torturant qui menaça de la consumer quand elle comprit que ce soir leur étreinte était différente. Ce n'était pas seulement l'assouvissement d'un désir, elle éprouvait des sentiments pour cet homme. Nouant ses bras autour de son cou, elle l'attira à elle et l'embrassa passionnément.

— Jessie, souffla-t-il d'une voix qui fit courir un frisson le long de son dos. C'est trop bon.

Son gémissement vibra dans la pièce et elle se joignit à lui. Ils étaient tout proches de l'extase tous les deux, mais elle savait qu'il refusait de se laisser aller avant elle.

— Prends ton plaisir, Raf, chuchota-t-elle en se poussant vers lui.

C'était tout ce dont il avait besoin. Quelque chose en lui céda, il accéléra le rythme mais continua à la serrer dans ses bras. Il faufila sa main jusqu'à son entrejambe et pinça son clitoris, lui donnant exactement ce dont elle avait besoin. La brûlure du plaisir irradia et se répandit dans tous son corps. L'incendie la consuma et elle cria de plaisir. Les cris de Rafael se mêlèrent aux siens tandis qu'ils se concentraient uniquement sur leur plaisir mutuel. Il s'immobilisa et elle dessina des cercles sur son dos avec ses ongles, heureuse de sentir son poids sur elle, en elle.

Il se dégagea pour retirer le préservatif puis revint auprès d'elle, rabattit la couette sur eux et l'attira plus près. Il passa ses bras autour de sa taille pendant qu'elle se blottissait contre son torse. Elle entendait les battements réguliers de son cœur contre son oreille et savourait le plaisir d'être dans ses bras.

— Tu es incroyable, chuchota-t-il tout contre ses cheveux.

Elle frotta sa joue sur son torse.

— Tu n'es pas mal non plus.

Une pensée lui traversa l'esprit, dissipant le brouillard du plaisir.

— Et si elle sort un article sur nous ?

Il resserra l'étreinte de ses bras et fit courir le bout de ses doigts le long de son dos.

— Elle ne le fera pas. J'y veillerai.

— C'est stupide ce que nous avons fait, non ?

— Oui. Mais je ne suis plus moi-même quand je suis avec toi.

— Idem.

Elle se blottit plus étroitement contre lui. Elle était si bien, là. Elle avait l'impression d'avoir trouvé sa place. Son cœur tambourina dans sa poitrine et elle eut du mal à respirer. Elle connaissait les symptômes. Elle était tombée amoureuse de Rafael Martinez.

13

— Monsieur Martinez, un commentaire pour LVTV ?

Rafael inaugurait le tout nouveau centre pour la jeunesse. Il disposait de quelques minutes avant son discours pour l'ouverture officielle du complexe flambant neuf.

The Brotherhood avait financé anonymement la réhabilitation de cette ancienne usine désaffectée. Aujourd'hui, le bâtiment et son enceinte abritaient un terrain de foot, un gymnase, une piscine et différentes salles pour des activités périscolaires et artistiques. Un formidable atout pour le quartier, et même si Rafael ne faisait pas partie officiellement des donateurs, il avait défendu le projet face à d'autres conseillers municipaux qui voulaient créer un parking au même endroit. Il avait mené ce combat main dans la main avec Jessica. Et ils avaient gagné.

— Pour vous, Tanya, j'ai toujours du temps, dit-il en souriant à la journaliste pendant que le cameraman faisait un plan de l'édifice, derrière eux.

Tanya Roberts lui rendit son sourire avec naturel. Rien ne laissait supposer qu'elle l'avait vu avec Jessica la semaine dernière, pendant la nuit des masques. Elle se tourna vers la caméra.

— Vous êtes dans la politique depuis dix ans. Comment expliquez-vous la soudaine popularité de Jessica Morgan, après seulement deux années au conseil municipal ? On dirait qu'elle est bien partie pour gagner.

Il regarda par-dessus l'épaule de Tanya et aperçut Jessica en grande conversation avec les habitants du quartier venus assister à l'inauguration. Elle était en campagne, bien sûr, mais elle n'était pas en représentation, elle ne cherchait pas uniquement à se montrer. Elle s'intéressait vraiment à tous ces gens et il admirait sa sincérité. Elle souriait et riait avec un naturel incroyable. Et elle était belle à tomber. Il sentit son cœur se tordre de désir. Il mourait d'envie d'envoyer tout le monde au diable et de la prendre dans ses bras.

— Je vais être franc : Jessica Morgan me mène la vie dure.

Il rit.

— Mais se lancer à la conquête de la mairie est une aventure passionnante. C'est un défi d'être la cible de toutes les critiques, de tous les regards.

Il sourit tandis que les journalistes se rassemblaient autour de lui. Un défi, oui. Mais aussi une pression de chaque instant. Jessica et lui devaient se montrer extrêmement prudents en public et cela devenait compliqué. D'autant qu'il ressentait de plus en plus le besoin d'être avec elle.

Tanya se pencha vers lui.

— Vous formez un couple magnifique. Vous êtes beaux, pleins de charme. Vous rendez la politique sexy, dit-elle avec un clin d'œil. Les gens se passionnent pour cette élection.

— Quelles que soient leurs raisons, je suis vraiment heureux que les habitants de Las Vegas portent autant d'intérêt à l'avenir de leur ville.

— Que pensez-vous de Jessica Morgan ?

Je pense que c'est une bombe et qu'elle a les plus belles fesses du monde.

— Sincèrement, sa pugnacité m'a surpris. Elle ne désarme pas et son enthousiasme la rend populaire auprès de nombreux électeurs. Mais la bonne volonté ne suffit pas. Pour répondre à votre question, je pense qu'elle est relativement incompétente en politique et qu'elle n'a pas les épaules pour occuper la fonction de maire.

— À votre avis, comment va-t-elle réagir en apprenant que vous l'accusez d'incompétence ?

Il sourit.

— Ma foi, il n'y a que la vérité qui blesse. Que ça lui plaise ou non, c'est une réalité, conclut-il d'une voix polie.

Jessica apprécierait. Il se mordit la lèvre pour ne pas rire. Elle allait probablement le démolir en deux phrases assassines dès qu'on lui répéterait ses propos.

Il essaya de garder son visage de joueur de poker

mais il avait de plus en plus de mal à cloisonner sa vie. Ce matin il s'était réveillé contre elle, un bras autour de sa taille et, pendant plusieurs minutes il l'avait simplement regardée dormir, hypnotisé par le mouvement doux et régulier de sa respiration. Et quand elle avait ouvert les yeux, il l'avait embrassée sans un mot et lui avait fait l'amour à nouveau. *L'amour* ? Le mot le fit tressaillir. Il se sentait lié à elle par des sentiments de plus en plus forts, mais était-ce de l'amour ?

Il se rendit compte que Tanya Roberts l'observait et s'obligea à se ressaisir.

— Veuillez m'excuser, on m'attend.

Il s'apprêtait à s'éloigner quand elle l'arrêta.

— Une dernière question. D'après une de mes sources, vous êtes copropriétaire du Paradis Terrestre, le célèbre et très privé club libertin. Et vous seriez également coactionnaire de plusieurs autres grandes entreprises. N'y a-t-il pas là conflit d'intérêts, monsieur le futur maire ?

Rafael plissa les yeux.

— Une de vos sources, dites-vous ?

Il était convaincu que Tanya inventait la source en question et qu'elle avait suivi sa propre intuition.

— Je peux vous assurer qu'il n'y a aucun conflit d'intérêts dans ma campagne. Je possède effectivement des actions dans plusieurs entreprises de la ville mais en fiducie sans droit de regard. Je n'ai plus aucun rôle dans leur gestion. Quant au Paradis Terrestre, ma seule connexion avec cet endroit est mon bureau qui se trouve à la même adresse.

Il mentait avec aisance.

— À votre place, je vérifierais mes sources.

— C'est votre position officielle ?

Il hocha la tête.

— Absolument.

Elle n'avait pas l'air convaincue mais elle lui tendit la main et il la serra.

— Merci d'avoir répondu à mes questions. Bonne chance pour la fin de votre campagne.

— Merci à vous.

Il lui sourit, conscient du fait qu'il n'avait rien réglé et qu'il allait devoir évaluer rapidement les dégâts. Comme il s'éloignait, il aperçut de nouveau Jessica qui discutait avec des gens dans la foule. Tanya avait réussi à s'infiltrer à l'intérieur du club l'autre soir mais était-il possible que ce soit Jessica qui l'ait renseignée ? Très peu de personnes savaient qu'il détenait des parts dans le club et elle avait tout à gagner en faisant fuiter l'information. Était-ce elle ?

— Merde, marmonna-t-il entre ses dents tout en rejoignant un groupe de chefs d'entreprise qui lui faisaient signe.

Il lança un coup d'œil rapide à Jessica par-dessus son épaule. Il devait lui parler de sa conversation avec Tanya. Mais pour l'instant il avait du travail.

— Incompétente ?

Jessica lâcha un éclat de rire incrédule en dévisageant Tanya Roberts.

— Il a dit que j'étais incompétente ?

Tanya parla dans le micro.

— Il a ajouté que vous n'aviez pas les épaules pour occuper la fonction de maire. Que pensez-vous de ce jugement ?

— J'en pense que M. Martinez est incapable de voir plus loin que son ego surdimensionné. Je n'ai pas ses relations ni son compte en banque mais il n'a pas le dixième de mon implication dans le quotidien des gens !

— Mais comment espérez-vous diriger la ville avec si peu d'expérience en politique ?

— Pendant les deux années que j'ai passées au conseil municipal, j'ai écouté, étudié les dossiers, je suis allée sur le terrain et j'ai travaillé étroitement avec l'actuel maire. Je ne suis pas une novice. D'ailleurs, je suis convaincue que mon manque d'expérience politique est un atout pour la ville car, contrairement à mon adversaire, je n'ai pas passé des années à cultiver des relations en échange de faveurs. Je n'ai aucune allégeance politique envers qui que ce soit. Les seules personnes dont je revendique le soutien, ce sont les habitants de Las Vegas, conclut-elle. Vous avez suffisamment de phrases assassines pour votre reportage ou dois-je continuer ?

— Je crois que ça ira, acquiesça Tanya en souriant.

Jessica s'éloigna. Elle regarda les enfants jouer au foot sur le terrain flambant neuf tout en se demandant comment Rafael réagirait à ses propos. Elle jeta un coup d'œil autour d'elle et le vit en pleine discussion avec l'un de ses adjoints. Riant sous cape, elle lui envoya un texto.

Incompétente, hein ?

Elle le vit chercher son portable dans la poche de sa veste de sport, regarder l'écran et éclater de rire. Il prit rapidement congé de son collègue et s'éloigna, son téléphone à l'oreille. Son propre téléphone vibra dans sa main et elle répondit.

— J'ai dit « relativement incompétente », précisa-t-il d'un ton amusé.

— Il paraît aussi que je n'ai pas les épaules pour occuper la fonction de maire ?

— Il se pourrait que j'aie dit quelque chose comme ça dans le feu de l'action.

— Tu es un homme mort.

— Laisse-moi te prouver que je suis bien vivant. Tu es disponible dans un avenir proche ?

— Proche comment ?

— Par exemple ce soir, au Paradis Terrestre. J'ai envie d'être avec toi.

Elle n'était pas libre ce soir. Elle devait préparer des interviews et régler une tonne de problèmes avec son équipe. La liste de tout ce qu'elle avait à faire donnait le tournis. Elle avait pris énormément de retard à cause de Rafael. C'était terriblement frustrant. Elle s'était battue pour devenir une femme indépendante et forte. Et il suffisait qu'il l'invite pour qu'elle oublie toutes ses bonnes résolutions.

Fermant les yeux, elle s'agrippa à ce qui lui restait de volonté.

— Je ne peux pas. J'ai du travail.

— Moi aussi.

Avec l'élection qui approchait à grande vitesse et la pression permanente des médias, leurs rencontres devenaient de plus en plus risquées… Et Jessica aimait ça ! Le goût du danger. Que se passerait-il si leur relation — quel que soit son nom — venait à être découverte ?

Elle céda dans un soupir.

— À quelle heure ?

— 20 heures ?

— D'accord, murmura-t-elle en souriant.

En l'espace de deux secondes, il avait réussi à la faire capituler.

— À ce soir.

Elle coupa la communication. Son sourire s'effaça quand elle croisa le regard de Tanya Roberts, fixé sur elle. La journaliste tourna les yeux vers Rafael qui rangeait à son tour son téléphone dans sa poche. Un petit sourire entendu apparut au coin de ses lèvres.

Ce sourire glaça Jessica. Tanya s'était toujours montrée bienveillante avec elle, elle lui avait donné l'opportunité de s'exprimer en direct sur sa chaîne. Mais de toute évidence, elle était en train de flairer une histoire explosive et Jessica était saisie de panique. Elle n'avait qu'une envie, partir d'ici, mais d'abord elle devait essayer de découvrir ce que Tanya savait. Relevant le menton, elle se dirigea vers la journaliste, un sourire aux lèvres.

— Ce centre pour la jeunesse sera un atout

exceptionnel pour le quartier. Je suis heureuse que ce projet ait pu voir le jour.

— C'est certain. Mais je me disais que nous ne savions pas grand-chose de vous, Jessica, de votre vie privée. Vous avez quelqu'un dans votre vie ?

— Sommes-nous toujours en interview ?

— Je suis toujours en interview.

— En ce cas, non. Je ne vois personne.

Jessica la regarda dans les yeux sans fléchir mais elle devina que Tanya n'était pas convaincue. La journaliste la dévisagea un moment puis hocha la tête.

— À très bientôt. Si vous souhaitez me parler, n'hésitez pas à m'appeler.

— Sans faute, acquiesça Jessica en la regardant s'éloigner.

Son cœur cognait à toute volée dans sa poitrine. Tanya était sur leur piste. L'élection était toute proche, le risque n'avait jamais été aussi grand pour l'un comme pour l'autre. Ils ne pouvaient pas continuer à se voir. Elle s'était engagée à danser au Paradis Terrestre ce week-end et elle ne reviendrait pas sur sa promesse. Mais aussi déchirante que soit cette décision, elle devrait garder ses distances avec Rafael jusque-là.

Elle serrait toujours son téléphone dans sa main. Elle chercha le numéro de Rafael dans ses contacts. Elle mourait d'envie de le voir ce soir mais elle devait songer à se protéger. À les protéger tous les deux.

Elle lui écrivit un court message.

Je ne peux pas venir ce soir. Nous nous verrons vendredi, quand je ferai mon numéro.

Elle l'envoya et coupa immédiatement son téléphone, le rangea dans son sac et quitta les lieux sans lui laisser une chance de lui répondre.

14

Jessica se concentrait en coulisses. Un mécanisme dans les sous-sols du club permettait à la piste de danse de monter et de se transformer en scène le temps d'une exhibition. La direction avait installé une barre et un projecteur « poursuite » juste pour elle. Elle avait encore des appréhensions suite à la façon dont Tanya Roberts s'était infiltrée dans les lieux, mais Alana lui avait assuré qu'elle n'avait rien à craindre. Tous les téléphones portables avaient été confisqués à l'entrée, les invités filtrés un par un. Elle était plus en sécurité au Paradis Terrestre que dans la chambre forte d'une banque…

— Prête ? demanda Alana en la rejoignant.

— Oui. Mais j'ai le trac. Je n'ai pas l'habitude de me produire seule. D'habitude, je partage la scène avec d'autres danseuses.

La voix de l'animateur du club résonna dans les haut-parleurs.

— Mesdames et messieurs, ce soir, spécialement pour vous, un numéro extraordinaire. Pour sa première et unique apparition au Paradis Terrestre, voici la championne du monde de pole dance, Jessie M !

La musique retentit et son trac s'envola à la seconde où elle monta sur scène. Le projecteur la baigna de sa lumière et la salle fit immédiatement silence tandis que tous les regards se fixaient sur elle. Elle adorait ce moment où elle capturait l'attention du public et la gardait captive jusqu'à la fin de son numéro.

Ce soir, elle portait une robe longue en soie noire, assortie au masque de dentelle qui couvrait le haut de son visage. Ses cheveux étaient relevés avec une grâce aérienne qui défiait les lois de la gravité, un miracle qu'elle devait au coiffeur qu'Alana avait engagé spécialement pour elle. Elle avait préparé son numéro avec le DJ du club, et créé un medley de chansons qui montaient crescendo. De cette façon, elle donnerait au public un aperçu de tous ses numéros.

Elle retira lentement ses longs gants noirs et les fit tournoyer nonchalamment avant de les laisser tomber sur le sol. Puis elle traversa la scène d'une démarche sensuelle, perchée sur des talons aiguilles qui mettaient en valeur ses jambes fuselées. Elle était dans son élément, vivante jusqu'au bout des ongles. Elle avança vers la barre, la saisit d'une main et fit une rotation rapide. Même avec la lumière qui baignait sa silhouette et tous les yeux rivés sur elle, elle repéra Rafael, assis à sa table habituelle avec ses amis. Elle ne s'attendait pas à le voir. Il n'approuvait pas sa présence ici ce soir et encore moins l'idée qu'elle se déshabille en public. Il n'était pas homme à partager ce qui lui appartenait.

Malgré la distance, elle sentit son regard brûlant tandis qu'elle dégrafait sa robe et l'enjambait avec grâce, dévoilant son body noir en dentelle transparente. La musique changea, marquant le début de son numéro. Elle fit quelques rotations rapides autour de la barre, réalisa deux fentes en grand écart puis attaqua les enchaînements qui lui avaient valu de nombreuses récompenses aux quatre coins du monde.

Elle se hissa avec l'agilité d'un chat à plus de trois mètres du sol, elle tournoya sur elle-même puis décolla les pieds de la barre, laissant son buste et ses bras la faire tourner dans les airs. Puis elle bascula subitement la tête en bas, sans cesser de tourner. Quelques cris étouffés retentirent dans le public et elle ne put réprimer un sourire.

Vous n'avez encore rien vu, les amis.

Enroulant ses deux jambes autour de la barre, elle souleva son buste à angle droit à la seule force de ses muscles abdominaux, sans cesser de tournoyer Puis elle agrippa le métal de ses mains, réalisa un grand écart vertical, et bascula en arrière jusqu'à ce que sa tête touche sa cheville. Elle continua à tournoyer autour de la barre comme une machine à mouvement perpétuel, et descendit sans cesser de tournoyer, de plus en plus lentement, jusqu'à ce que l'un de ses pieds touche le sol. Les lumières s'éteignirent et la musique se tut.

Jessica reprit son souffle et laissa ses muscles

se contracter pendant que retentissait un tonnerre d'applaudissements. Elle salua, envoya un baiser au public et regagna les coulisses.

Alana lui tendit une bouteille d'eau, extatique.

— C'était incroyable !

— Merci, dit Jessica avant de boire avec bonheur une longue gorgée d'eau.

Alana regarda rapidement autour d'elle pour s'assurer que personne n'écoutait.

— Rafael dit que tu as gagné plusieurs championnats. Tu crois que tu pourrais m'apprendre quelques mouvements ?

— Sans problème. Je te donne un cours quand tu veux.

Derrière Alana, elle vit apparaître Rafael. Son visage était tendu, ses yeux sombres rivés sur elle et elle sut qu'il n'avait qu'une seule pensée en tête : elle. Alana lui jeta un rapide regard et arriva apparemment à la même conclusion.

— À plus tard, dit-elle en s'éclipsant.

Jessica s'éclaircit la gorge.

— Ça t'a plu ?

La bouteille d'eau qu'elle tenait à la main s'écrasa sur le sol tandis qu'il l'attirait à lui d'un geste possessif, presque brutal. En guise de réponse, il écrasa sa bouche sur la sienne dans un baiser si passionné qu'elle put à peine respirer. Il la poussa contre le mur et continua à l'embrasser comme un fou avant de reprendre son souffle.

— Bon sang. Tu m'as rendu fou, chuchota-t-il contre ses lèvres.

Elle sentit son sexe, dur comme la pierre contre son ventre, et se frotta sensuellement contre lui.

— J'en conclus que ça t'a plu, le taquina-t-elle.

— Je ne pensais pas pouvoir supporter de te voir te déshabiller devant des inconnus mais je n'ai pas pu détourner les yeux.

— J'étais persuadée que tu allais annuler mon numéro au dernier moment, raconter à Alana que j'avais changé d'avis, juste pour empêcher que d'autres hommes que toi me regardent.

— J'y ai pensé, avoua-t-il avec un sourire. Mais je suis heureux de ne pas l'avoir fait. Tu es belle, talentueuse, et même si tout le public masculin te désirait ce soir, je suis le seul à connaître la saveur de ton corps.

Il caressa son bras nu.

— Le seul à connaître l'étreinte de tes cuisses autour de mes reins comme autour de cette barre. Le seul à savoir comment tu gémis quand je te donne du plaisir, conclut-il en déposant une pluie de baisers sur sa nuque.

Il parvenait à la séduire simplement avec des mots. Elle était au bord de l'orgasme rien qu'en sentant son souffle sur sa peau.

— Mais il y a une chose que je ne connais pas, poursuivit-il.

— Laquelle ?

— Le premier soir, chez Charlie's, tu m'as dit que tu ne faisais pas de danses privées. Mais je rêve que tu danses uniquement pour moi.

— Tu veux un lap dance ?

— Plus que tout au monde.

Pourquoi pas ? Elle lui prit la main.

— D'accord.

Mêlant ses doigts aux siens, il l'entraîna vers l'escalier qui menait aux suites privées.

Une fois dans son appartement, elle se dirigea vers la chaîne hi-fi et choisit une musique — un air lent et sensuel qui s'insinua dans ses veines comme du velours liquide.

Elle avança vers Rafael. Ses yeux noirs rivés sur elle étaient incandescents. Elle le poussa dans le large fauteuil, posa les mains sur les accoudoirs et se pencha vers lui jusqu'à ce que ses seins frôlent son torse.

Elle se redressa, tourna et fit onduler lentement ses hanches, rapprochant ses fesses de son visage jusqu'à ce qu'elle l'entende gronder. Elle pivota de nouveau vers lui, enfourcha ses jambes et se frotta contre lui.

Il était dur, brûlant, et elle le désirait follement. Glissant une main entre eux, elle pressa son sexe bandé à travers son pantalon et le caressa. Il ferma les yeux en gémissant et posa les mains sur ses hanches. Elle les écarta d'une tape.

— On ne touche pas.

— Pourquoi ?

— C'est la règle. On ne doit pas toucher.

— Mais toi, tu as le droit ?

— Moi, oui.

Oubliant la musique, elle se laissa glisser à genoux entre ses jambes. Elle déboutonna son jean, glissa la main à l'intérieur et sortit son sexe. Il était dressé, brûlant, et il pulsait entre ses doigts. Une goutte de sperme perlait au bout et elle s'inclina pour la recueillir avec sa langue, savourant sa saveur salée. Sans le quitter des yeux, elle butina la pointe avant de le prendre tout entier dans sa bouche.

Il referma la main sur sa nuque, enfouissant ses doigts dans ses cheveux, guidant son rythme.

— Dieu, Jessica, souffla-t-il d'une voix à peine audible.

Sa respiration s'accéléra, il était au bord de l'orgasme, mais il la repoussa, la souleva et l'assit à califourchon sur ses genoux.

Il sortit un préservatif de sa poche et le lui tendit. Elle déroula le latex. Il luttait pour se contrôler, les mâchoires serrées. Saisissant la base de son sexe, elle se souleva, le plaça dans l'axe et se laissa glisser sur lui.

Elle se cambra, épousant son rythme tandis qu'il allait et venait en elle. Elle était tellement excitée qu'en l'espace d'une minute elle sentit son plaisir monter, toujours plus haut, jusqu'à ce qu'elle atteigne le sommet de la vague. Elle avait l'impression de flotter au-dessus d'elle-même, de se regarder chevaucher Rafael. Sur un dernier coup de reins, elle bascula dans le vide et en l'entendant crier elle sut qu'il avait sauté avec elle. Ils s'immobilisèrent, hors d'haleine, et se regardèrent. Une angoisse comprimait la poitrine de Jessica.

Elle sourit et respira l'odeur de Rafael pour s'en imprégner. Sa sueur mêlée à son eau de toilette composait un puissant aphrodisiaque. Elle avait beau être épuisée, elle ne pouvait pas s'empêcher de le désirer à nouveau.

Il continuait à la dévisager.

— Qu'est-ce qu'on va faire dans deux jours ?

Elle fit mine de ne pas comprendre.

— On va voter pour élire le maire.

Il hocha la tête.

— Et après ?

— Je ne sais pas. Attendons de voir qui a gagné et ensuite nous discuterons.

Elle savait qu'elle était amoureuse de Rafael et son cœur se brisait à l'idée de le quitter. Mais s'il le fallait, elle continuerait sa vie sans lui et elle oublierait les moments magiques qu'ils avaient partagés.

— Attendons de voir, acquiesça-t-il en resserrant l'étreinte de ses bras.

Levant les yeux, elle vit dans son regard qu'il était aussi angoissé qu'elle et qu'il évitait de prononcer certains mots.

Elle se blottit plus étroitement contre lui. La réalité les rattraperait tôt ou tard. Mais cette nuit elle voulait rester dans leur cocon, encore un peu, alors elle ferma les yeux, se détendit et écouta sa respiration.

15

— Monsieur Martinez…

La voix de Jillian vibra dans l'interphone. Il était tard, et comme d'habitude il travaillait encore dans son bureau de la tour BH.

— Tanya Roberts de LVTV est là. Elle souhaite vous voir.

— Je n'ai pas rendez-vous avec elle, si ?

— Non. Mais elle insiste.

— Très bien. Faites-la entrer.

Il se leva pour accueillir la journaliste, curieux de savoir ce qui l'amenait à cette heure tardive.

— Bonsoir, dit-il en lui serrant la main. Comment allez-vous ?

— Très bien, merci. Et vous ?

— Très occupé, répondit-il à dessein. Il y a toujours une foule de choses à faire dans la dernière ligne droite. Que puis-je pour vous ?

— Je suis venue vous informer que demain ma chaîne va diffuser un reportage sur Jessica Morgan et vous.

Rafael sentit son cœur s'emballer mais il essaya de ne pas le montrer.

— Quel genre de reportages ?

— Une histoire très bien documentée sur votre relation amoureuse.

Il haussa les épaules.

— Des ragots, j'en entends tous les jours. J'attendais mieux d'une journaliste de votre calibre.

— Je me suis intéressée à certaines photos où vous apparaissez tous les deux en arrière-plan. Vous avez des sentiments l'un pour l'autre, c'est criant.

— Ridicule.

— Vraiment ?

Elle sortit une tablette de son sac et fit défiler des photos prises lors d'événements publics, à des moments où ils ne se savaient pas observés. Ils ne faisaient que discuter mais leur regard les trahissait : c'était celui de deux amants.

— Ce n'est pas ce que j'appelle un scoop, Tanya, lâcha-t-il avec dédain. Nous discutons, et alors ?

Elle lui montra d'autres photos. Ils étaient enlacés, devant chez lui. Puis il la faisait entrer dans la maison, une main sur la courbe de ses fesses.

Pas génial mais cela aurait pu être bien pire.

Il recula et enfonça les mains dans ses poches pour s'empêcher de lui arracher la tablette et de l'envoyer voler à travers la pièce.

— J'ai aussi ceci.

Elle lui montra une photo de Jessica entrant au Paradis Terrestre le soir du show.

— Et j'ai également des vidéos très suggestives.

C'est une merveilleuse danseuse, n'est-ce pas ? Entre autres qualités…

Elle haussa un sourcil avec un sourire entendu.

— J'ai aussi fait quelques recherches et découvert que vous étiez l'un des propriétaires de ce club. On a effacé votre nom des actes officiels mais vous êtres toujours actionnaire de l'entreprise, à parts égales avec vos amis. Je pense que votre liaison romantique avec votre adversaire aux élections va beaucoup plaire à mon public.

Il prit une longue respiration.

— Comment avez-vous obtenu ces photos ?

— J'ai mes sources.

— Putain de merde, murmura-t-il entre ses dents. Qu'est-ce que vous voulez ?

— Je ne comprends pas la question.

— Vous êtes venue me voir dans un but bien précis, sinon vous vous seriez contentée de publier le reportage.

Elle haussa les épaules.

— Je *vais* publier le reportage. Je voulais voir d'abord votre réaction.

— Jessica est au courant ?

— Pas encore. J'attends d'abord certaines confirmations d'un club de strip-tease de San Francisco.

— Pourquoi faites-vous ça ? L'élection a lieu dans deux jours.

— Et c'est un incroyable coup de théâtre, ne pensez-vous pas ? Je vais devenir célèbre du jour au lendemain.

— En dévoilant notre vie privée ? La seule carrière

qui vous attend, c'est dans la presse de caniveau, Tanya. Vous ne méritez pas le nom de journaliste.

Il la regarda droit dans les yeux.

— Mais vous n'aurez même pas cette chance. À la minute où vous allez sortir d'ici, je vais lancer mes avocats sur vous. Ce reportage ne verra jamais le jour.

— Alors dépêchez-vous. Vous n'imaginez pas tout ce qu'on peut faire à l'époque actuelle en l'espace de deux minutes.

Elle ne lui faisait pas peur. Il avait affronté des adversaires autrement plus effrayants qu'une petite journaliste locale.

— C'est valable dans les deux sens.

— Vous me menacez ?

Il haussa les épaules sans répondre.

Elle sourit triomphalement.

— Bonne chance, monsieur le conseiller municipal, lança-t-elle avant de tourner les talons.

16

Jessica apprit la nouvelle en même temps que le reste du monde. Personne ne l'avait avertie, aucune chaîne d'infos ne lui avait annoncé la diffusion du reportage. Elle préparait son dîner quand elle vit des photos de Rafael et elle sur l'écran de sa télé puis les images vidéo d'une femme réalisant un lap dance pour un homme assis dans un grand fauteuil en cuir. Elle reconnut le lieu avant même d'identifier les protagonistes. C'était elle. Et Rafael. La nuit où elle avait dansé pour lui dans sa suite privée du Paradis Terrestre !

Son verre explosa sur le sol, éclaboussant le carrelage de vin rouge.

— Oh non, non, non, non…, chuchota-t-elle devant l'écran tandis qu'un froid glacial l'envahissait.

Elle se vit à califourchon sur Rafael, glissant la main dans son pantalon avant de s'agenouiller entre ses jambes. Par chance, la vidéo s'arrêtait là. Mais les dégâts étaient déjà irréparables.

Le visage de Tanya Roberts apparut sur l'écran.

— Selon notre informateur, la candidate à la

mairie Jessica Morgan serait également danseuse et strip-teaseuse, annonça-t-elle d'un ton grave.

Leur informateur ?

Son téléphone sonna. Paniquée, elle répondit machinalement.

— Allô ?

— Mademoiselle Morgan ? Ici Terrance Beady, l'assistant de Tanya Roberts de la chaîne LVTV. Avez-vous un commentaire à faire sur la sex tape qui a fuité, montrant M. Martinez et vous dans une situation compromettante ?

— Aucun commentaire, balbutia-t-elle avant de couper la communication.

Elle regarda l'écran. En l'espace de dix secondes, elle avait manqué dix appels. Son téléphone sonna de nouveau. Elle le posa sur la table et recula. On avait volé la partie la plus intime de sa vie et on la brandissait comme un trophée !

— Jessie ? J'ai entendu un bruit de verre brisé, dit Ben en sortant de sa chambre. Est-ce que tout va bien ?

Il s'arrêta net en voyant son expression.

— Oh ! mon Dieu, qu'est-ce qu'il y a ?

Il la prit dans ses bras. Incapable de parler, elle secoua la tête, enfouit son visage dans son épaule et éclata en sanglots. Il la berça doucement, attendant qu'elle se ressaisisse.

Quand ses larmes se tarirent enfin, elle recula et reprit son téléphone. Le nombre d'appels avait triplé. Mais un coup d'œil rapide lui montra que Rafael n'était pas dans la liste. Elle ouvrit son navigateur

Internet et trouva sans difficulté un lien vers la vidéo. Elle la montra à Ben.

Il lui prit l'appareil des mains, regarda l'écran.

— C'est toi ? Et Rafael ? Oh bon sang, d'où ça sort ? Et qui l'a fait fuiter ?

— Je ne sais pas, dit-elle d'une voix blanche.

— Tu crois que c'est lui ?

— Je voudrais pouvoir répondre non mais nous étions dans sa suite, dans son club. Il ne pouvait pas ne pas savoir qu'il y avait une caméra. Je sais qu'il ferait n'importe quoi pour gagner les élections.

Elle plaqua une main sur son front. C'était ce qu'il avait dit à Alex la nuit où elle avait surpris leur conversation au Paradis Terrestre.

— Oh Seigneur !

Tout s'éclairait. Il était de mèche avec Tanya Roberts. Voilà pourquoi on n'avait pas su comment elle s'était introduite dans le club la nuit des masques. Il avait piégé Jessica, l'avait filmée. Et il avait diffusé la bande pour la discréditer. Elle se sentait stupide, trahie.

— Pourquoi ne l'appelles-tu pas ? demanda Ben.

— Je n'ai pas le temps. Je dois réunir d'urgence mon équipe. Il faut que je reprenne la main.

Rafael dut se frayer un passage au milieu de la horde de journalistes agglutinés devant l'entrée de la tour BH.

— Monsieur Martinez, un commentaire sur votre relation avec Jessica Morgan !

Il continua à avancer mais sans précipitation.

Il ne voulait pas donner l'impression de fuir. Le scandale avait explosé la veille en début de soirée et il ne savait absolument pas comment réagir. Il franchit les portes de l'immeuble et vit Alex et Jillian qui l'attendaient dans le hall en faisant les cent pas, le visage fermé.

— J'ai essayé de t'appeler je ne sais combien de fois, lança Alex en le rejoignant à grandes enjambées.

— J'ai été pris dans les embouteillages et j'ai oublié mon téléphone à la maison.

— Tu aurais dû rester chez toi. Il y a des journalistes ?

— Évidemment.

— Tu as parlé stratégie avec Jessica ?

Il secoua la tête.

— Elle ne répond pas à mes appels. Je suis passé chez elle hier soir, elle n'était pas là.

Il se redressa. Il devait se ressaisir, se mettre en mode guerrier.

— Comment ça se présente ?

— Mal. Il y a une vidéo de vous deux dans ta suite. Elle s'arrête juste avant que ça devienne trop scandaleux mais il n'y a aucune ambiguïté sur ce qui se passe ensuite, dit Alex en lui tendant son téléphone.

Son visage apparaissait sur une chaîne d'infos aux côtés de celui de Jessica avec le titre :

LES DEUX CANDIDATS À LA MAIRIE DE LAS VEGAS SE LIVRENT À DES ÉBATS TORRIDES DANS UN CLUB LIBERTIN.

Il lança la vidéo et se vit, assis dans un fauteuil

pendant que Jessica dansait pour lui. La scène avait été filmée vendredi, juste avant qu'ils fassent l'amour dans sa suite au Paradis Terrestre.

— Nom de Dieu ! D'où sort cette vidéo ?

— Je n'en ai pas la moindre idée.

— On peut interdire sa diffusion ?

Il regarda Alex et Jillian. Elle n'avait pas dit un mot et évitait de croiser son regard.

— Ça ne va pas être facile, dit Alex. Je vais voir avec Gabe s'il peut lancer des poursuites contre les sites web qui l'ont diffusée. Mais elle a sans doute été déjà téléchargée et visionnée par des millions de gens. Elle est déjà partagée des milliers de fois sur Facebook.

— Merde. Ça s'est passé au club. Il faut découvrir qui a caché une caméra dans ma suite. Ensuite nous les attaquerons pour violation de domicile et atteinte à la vie privée.

Il rendit le portable à Alex.

— Je suis convaincu que Tanya Roberts a tout orchestré.

— Mais comment s'y serait-elle prise ? demanda Jillian. Le Paradis Terrestre dispose d'un service de sécurité infaillible.

— Elle a réussi à entrer la nuit des masques. À l'évidence elle nous a vus ensemble, Jessica et moi, elle s'est introduite dans ma suite et elle y a dissimulé une caméra.

Il passa la main dans ses cheveux.

— Comment ai-je pu me montrer aussi stupide !

Jessica répétait que c'était une mauvaise idée. J'aurais dû l'écouter.

Alex lui posa la main sur l'épaule.

— Tu ne pouvais pas savoir. Si c'est Tanya Roberts, je te promets qu'on découvrira comment elle a réussi à entrer dans ton appartement. Elle ne s'en tirera pas comme ça, fais-moi confiance.

Rafael lui lança un regard reconnaissant.

— Ce n'est peut-être pas si dramatique, renchérit Jillian. Les scandales sexuels ont généralement peu d'impact sur les hommes politiques. Pour Jessica, en revanche, c'est plus compliqué : elle risque d'être obligée de jeter l'éponge. Ce serait tout bénéfice pour vous.

Rafael secoua la tête.

— Non. Je ne veux pas gagner comme ça.

Ils se dirigeaient vers les ascenseurs pour aller dans son bureau quand il s'arrêta.

— Il faut que je lui parle.

— Pas maintenant, dit Jillian. Nous devons mettre sur pied une stratégie et…

— Commencez sans moi. Je veux m'assurer qu'elle va bien.

Il traversa le hall et se fraya de nouveau un passage dans la foule des journalistes, évitant leurs questions d'un simple « pas de commentaire » avant de monter dans sa voiture et de démarrer.

Il arriva chez Jessica en un temps record. Mais il n'était pas le premier. Plusieurs journalistes campaient sur le trottoir devant sa propriété. Il se gara dans l'allée, à côté de sa voiture, et marcha d'un pas vif jusqu'à sa porte. Il sonna et attendit sur le perron, ignorant les appels des journalistes. Au bout de ce qui lui parut une éternité, Ben ouvrit la porte.

— Jessica est là ?

— Oui.

Rafael le prit comme une invitation et essaya de passer mais Ben ne bougea pas.

— Je peux entrer ?

— Je ne crois pas, non. Elle est bouleversée.

Rafael passa la main dans ses cheveux avec un soupir.

— Je m'en doute. C'est pour ça que je suis là. Il faut que je lui parle.

— Vous feriez mieux de partir.

— Tout va bien, Ben, dit brusquement Jessica.

Il regarda derrière Ben et l'aperçut à l'entrée de sa salle de séjour. Elle avait les yeux rougis et un pli amer au coin des lèvres.

— Il peut entrer.

Ben se tourna vers elle.

— Tu es sûre ?

— Oui. Laisse-le passer.

Ben s'écarta. Rafael rejoignit Jessica et voulut la prendre dans ses bras mais elle se déroba et entra dans la salle de séjour. Il la suivit.

— Je suis dans ma chambre si tu as besoin de moi, dit Ben, en s'éloignant à regret.

Rafael se rapprocha d'elle d'un pas hésitant. Il aurait voulu la serrer contre lui et effacer ce cauchemar.

— Je suis venu hier soir. Tu n'étais pas là.

— Je suis allée à l'hôtel. Il y avait trop de journalistes.

— Est-ce que ça va ?

Elle lâcha un rire sans joie.

— Non, ça ne va pas. J'ai passé la matinée à répondre aux questions des journalistes et je ne parle pas uniquement de ceux qui campent devant ma maison. On me harcèle, on m'interroge sur ma moralité, mon féminisme, des groupes religieux m'appellent pour exiger que je me retire de la campagne.

Rafael avait eu une matinée difficile mais ce n'était rien comparé aux attaques que Jessica avait endurées.

— Je suis désolé, Jessica. Je ne sais absolument pas ce qui s'est passé.

— Qui a divulgué cette vidéo ?

— Je n'en ai pas la moindre idée.

— Ce n'est pas toi ?

Il recula d'un pas comme si elle l'avait frappé.

— Moi ? Pourquoi aurais-je fait ça ?

— Pour m'éliminer. Tu m'as tendu un piège. Tu m'as convaincue de te faire confiance, tu m'as amenée à tomber amoureuse de toi et ensuite tu m'as filmée pour m'éjecter de la course à la mairie. Tu étais prêt à tout pour gagner, n'est-ce pas ?

— Je n'ai rien fait de ce que tu dis.

Il marqua un temps.

— Tu es tombée amoureuse de moi ?

— Non, répondit-elle très vite. Et sache que ton plan a échoué : je ne vais pas me retirer. Je ne suis pas une lâche. Je vais traverser ce cauchemar la tête haute et je te flanquerai une raclée aux élections !

— Parfait. Je ne veux pas que tu te retires.

Elle l'ignora et poursuivit :

— Je comprends maintenant pourquoi tes amis ont tellement insisté pour que je fasse ce show au club ! Tout s'explique. Tu avais tissé ta toile. Mon Dieu, j'ai été vraiment stupide !

— Jess, non. Je te jure que je n'y suis pour rien.

Il essaya de croiser son regard mais elle détourna les yeux.

— Tanya Roberts est venue me voir hier, juste avant que la vidéo soit dévoilée. J'ai alerté tout de suite Gabe et son équipe d'avocats pour tenter d'interdire la diffusion du reportage mais nous avons été pris de vitesse. Je suis désolé.

— Tu étais au courant ? Pourquoi ne m'as-tu pas prévenue ?

— J'ai passé des heures au téléphone. Et quand j'ai quitté mon bureau, il était trop tard. Je ne savais pas pour la vidéo, je l'ai découverte seulement tout à l'heure. Elle ne m'avait montré que quelques photos de nous deux.

— Je veux que tu t'en ailles.

Elle se détourna mais il lui saisit le bras.

— Non. Tu as dit que tu étais tombée amoureuse de moi. Tes sentiments pour moi ont peut-être changé, mais pas les miens. Je t'aime.

Elle ne dit rien. Son silence s'éternisa, le rendant désespéré, un sentiment qu'il n'avait pas ressenti depuis bien longtemps. Il ne voulait pas perdre Jessica. Il ne pouvait pas.

— Jess, crois-moi. Je ne suis pas à l'origine de cette vidéo. Je ne suis pas suicidaire, je suis filmé, moi aussi.

— Tu es un homme, c'est différent pour toi. Toi tu assouvis simplement un besoin biologique alors que moi, pour tout le monde, je suis une pute.

Il la saisit aux épaules et la força à le regarder.

— Ce n'était pas ça entre nous, et tu le sais ! Ni cette nuit-là, ni aucune autre nuit que nous avons passée ensemble !

— Tout était faux depuis le premier jour. Tu m'as traquée jusqu'à San Francisco, tu m'as rendue vulnérable et tu m'as séduite. Bien sûr, mes sentiments ont évolué et j'ai fini par t'apprécier. Mais comment pourrions-nous avoir une relation après ce qui s'est passé ? Comment pourrions-nous avoir confiance l'un dans l'autre ?

Rafael la lâcha, frustré et amer.

— Je regrette la façon dont notre relation a commencé. Mais si tu crois que je t'ai séduite volontairement pour te manipuler, tu te trompes. Je suis incapable de te résister quand nous sommes ensemble. Mais je ne regrette rien de ce qui s'est passé. Absolument rien. C'était fabuleux.

— C'était fabuleux, oui, répéta-t-elle tristement. Mais maintenant tu devrais partir.

Elle se détourna.

— Va-t'en.

— Jess, ne fais pas ça.

— *Va-t'en !*

Il vit Ben dans le couloir, prêt à voler au secours de Jessica. Mais il n'était pas là pour causer davantage de problèmes.

— Je pars. Mais toi et moi, ce n'est pas terminé.

Il reviendrait tous les jours si le fallait jusqu'à ce qu'elle le croie.

— Si, Rafael, c'est fini. S'il te plaît, laisse-moi tranquille. J'ai du travail. L'élection est dans deux jours. On se reverra après la proclamation des résultats.

17

Rafael était assis à son bureau, la tête entre les mains. Comment ce désastre était-il arrivé ? Il entendit la sonnerie de son téléphone, regarda l'écran et décrocha en constatant qu'il s'agissait d'Alana.

— Salut, dit-elle. Comment tu te sens ?

— J'ai connu des jours meilleurs, soupira-t-il.

Il posa les yeux sur les journaux empilés devant lui.

— On m'a filmé en train de baiser avec mon adversaire aux municipales et on a étalé au grand jour mes liens avec un club libertin, deux jours avant les élections. Tu comprendras que je ne vais pas trop bien.

— Ne t'en fais pas, tout va s'arranger. Tu n'es pas le premier à subir une tempête médiatique.

Il n'était pas inquiet pour lui. Mais il avait entraîné beaucoup de gens dans sa chute et il ne savait pas comment se faire pardonner.

— J'ai vu que le Paradis Terrestre avait été mentionné dans les rapports. Le club n'a vraiment pas besoin de ce genre de publicité. Quelles sont les retombées ?

— Pour l'instant, il n'y en a pas. Je voulais juste t'annoncer que nous avions découvert comment la caméra avait été introduite dans ta suite.

Il se redressa sur son siège.

— Comment ?

— L'un des serveurs a été payé par quelqu'un de chez LVTV. Il a fait faire un double de ta clé à l'aide d'un passe et plus tard, ce soir-là, il a introduit Tanya Roberts dans le club.

— Putain !

— On l'a viré et on va l'attaquer en justice. On passe tout le club au crible pour vérifier qu'il n'y a pas d'autres caméras.

— Très bien. Je suis vraiment désolé de vous avoir entraînés là-dedans.

— Ne le sois pas. Nous affronterons la tempête ensemble, comme toujours. N'hésite pas à m'appeler si tu as besoin de quoi que ce soit.

Il coupa la communication puis leva les yeux vers la télévision où le visage de Jessica venait d'apparaître. Elle donnait une conférence de presse. Il saisit précipitamment la télécommande pour écouter sa déclaration.

— ... Tout le monde a vu les images diffusées depuis hier sur Internet et les chaînes d'informations. Il s'agit d'une atteinte scandaleuse à ma vie privée et les responsables devront en répondre devant la justice. Je tiens à faire savoir que je n'ai pas l'intention de présenter des excuses. On me couvre de boue depuis vingt-quatre heures, on m'insulte au prétexte qu'une femme n'aurait pas le droit d'avoir une vie sexuelle. Mais il n'y a rien de répréhensible dans une relation librement consentie entre deux adultes. Je n'ai pas honte de ce que j'ai fait et je ne me suis rendue coupable de *rien* ! Il est donc hors de question que je me retire de la course à la mairie. J'irai jusqu'au bout, la tête haute, et je suis plus que jamais déterminée à gagner !

— Êtes-vous amoureuse de Rafael Martinez ? demanda un journaliste invisible à l'écran.

— M. Martinez et moi n'avons aucun sentiment l'un pour l'autre, répondit-elle avec la voix froide et mécanique d'un robot. Nous sommes des compétiteurs engagés dans une élection et nous travaillons tous les deux à faire ce que nous croyons le mieux pour les habitants de Las Vegas. Je vous remercie.

Plus tard, en fin de journée, Rafael s'adressa à son tour à la presse depuis le parvis de la tour BH.

— Monsieur Martinez, avez-vous l'intention de vous retirer de la course à la mairie suite à la diffusion de la sex tape dans laquelle vous apparaissez ? demanda le journaliste.

— Évidemment non. Ce qui s'est passé est une violation de ma vie privée et de celle de Mlle Morgan. Il est hors de question que j'abandonne mon projet pour la ville.

— Approuvez-vous les appels lancés par certains pour que Jessica Morgan démissionne ?

— Absolument pas ! Mlle Morgan est une excellente candidate et une formidable adversaire. Ce serait injuste pour elle, pour moi ou pour la ville qu'elle soit obligée de jeter l'éponge à quelques heures des élections.

— Vous prenez sa défense parce que vous avez des sentiments pour elle ?

— Je ne suis pas ici pour parler de ma vie privée. Ça ne regarde que moi.

— Plus maintenant ! lança une voix anonyme quelque part dans le fond.

Rafael ignora le commentaire et entra dans l'immeuble. Alex, Brett, Gabe et Alana l'attendaient dans le hall. Ils firent cercle autour de lui, le soustrayant aux regards. Leur présence solidaire le réconforta. Ils se protégeaient les uns les autres.

— Merci d'être là. Je suis vraiment désolé des retombées que cette affaire risque d'avoir sur chacun d'entre vous.

Maintenant que la presse avait entrevu ce qui se passait au club, il serait très difficile de les empêcher de fouiller ses secrets les mieux gardés.

— Ne t'inquiète pas pour nous, dit Brett tandis qu'ils se dirigeaient vers l'ascenseur. Et ne t'excuse pas : ce n'est pas ta faute.

— Le bon côté, c'est que nous n'avons jamais reçu autant de demandes d'inscription au club, les informa Alana.

— Tu plaisantes ?

— Pas du tout. Le bureau du concierge croule sous les candidatures — des personnalités, des athlètes, des célébrités du show-biz. Ta petite vidéo nous a mis sur orbite. Nous allons être obligés d'agrandir les lieux ou de refuser du monde !

— On dit merci qui ? Merci Raf, plaisanta Gabe en tapant affectueusement sur l'épaule de son camarade.

— Et beaucoup de monde souhaite que Jessica revienne faire son numéro, reprit Alana. C'est vrai qu'elle a été géniale.

— Je crois qu'on ne la reverra pas de sitôt sur une scène, murmura Rafael en se mordant la lèvre.

— Comment va-t-elle ? demanda Brett.

— Mal. Cela n'a rien d'étonnant.

Ils entrèrent dans le bureau de Rafael et s'installèrent autour de la grande table de conférence.

— Gabe, dis-moi que tu as une bonne nouvelle.

— En fait, oui : tu peux lancer des poursuites contre LVTV. Il est quasiment impossible d'obtenir la suppression d'une vidéo sur un site web. Ça va leur coûter très cher en dommages et intérêts.

— Espérons-le.

— Et toi, Rafael ? demanda Alana. Comment te sens-tu ?

— Pas génial.

Il posa sa tête dans ses mains, s'autorisant finalement à se laisser aller devant ses amis.

— J'ai compromis tout le monde, moi, Jessica, The Brotherhood, le club, ma famille…

Alex posa la main sur son épaule.

— Ne t'inquiète pas pour nous. Tu es une victime tout autant que Jessica. Tu n'as rien fait de mal.

— Elle avait confiance en moi et je ne l'ai pas

protégée. J'aurais dû garder mes distances. Par égoïsme, je l'ai livrée en pâture au public et j'ai ruiné sa campagne. Maintenant, elle est persuadée que je lui ai tendu un piège en tournant cette vidéo à son insu.

— Va la voir, dit Gabe. Explique-lui.

— Ce n'est pas le moment. Les élections ont lieu dans deux jours. Je dois me concentrer sur mon travail et foncer.

— Le travail, encore et toujours, marmonna Brett en secouant la tête. On va tous finir par y laisser notre peau.

— Qu'est-ce que tu racontes ?

— Je dis que nous travaillons tous beaucoup trop.

Il regarda ses camarades.

— Vous en avez conscience, non ? J'ai eu un éclair de lucidité pendant mon voyage de noces quand j'ai été forcé de me déconnecter du bureau. Entre la politique, les contrats, les réunions, les nuits que nous passons à discuter de nos futurs projets, nous oublions tous de vivre. Vous vous rendez compte qu'on en est arrivés à dormir sur place ?

— Mais c'est grâce à mon travail acharné que je peux m'offrir ce bureau — entre autres, dit Rafael en regardant l'immense pièce au sommet de la tour luxueuse qui leur appartenait.

— Ce ne sont que des biens matériels, ça ne compte pas. Si tu aimes Jessica, débrouille-toi pour la reconquérir. Parce que ta vie ne vaudra rien sans elle. Je ne sais pas où je serais aujourd'hui si je n'avais pas eu une deuxième chance avec Rebecca. Et j'ai failli tout perdre à cause de mon stupide orgueil. Ne laisse pas passer le bonheur.

— Je ne sais pas si c'est encore possible, avoua Rafael en se remémorant l'expression du visage de Jessica quand elle lui avait dit de partir. Il faut que je laisse passer les élections. Pour l'instant, elle n'est pas en état de m'écouter.

— N'attends pas trop longtemps, l'avertit Brett. Sinon tu n'auras plus que tes yeux pour pleurer.

18

Rafael sut exactement à quel moment l'atmosphère de la salle changea : lorsque le vote bascula en sa défaveur et que Jessica Morgan devint la première femme maire de l'histoire de Las Vegas. Les électrices s'étaient déplacées en nombre et il ne faisait aucun doute qu'elles adoraient Jessica. Le scénario, impensable il y a encore deux mois, s'était réalisé. Il avait perdu. Il passa la main dans ses cheveux et jeta un coup d'œil autour de lui. Personne n'osait croiser son regard.

La messe était dite et il n'avait aucune envie de prolonger le moment mais il ne pouvait pas partir. Il devait prononcer son discours de défaite. Il s'attendait si peu à être battu qu'il ne l'avait même pas écrit !

Il rejoignit la table où étaient installés ses amis. Au bout d'un long silence, Alex s'éclaircit la voix.

— Ça ne s'annonce pas bien.

— Non, tu crois ? ironisa-t-il.

Il essayait de ne pas trop le montrer mais il était profondément atteint. Tout ce qu'il possédait aujourd'hui, il l'avait acquis à la force du poignet.

Il avait gravi les marches une à une, grâce à sa volonté et à son travail.

Mais ce soir tout s'effondrait. En l'espace de deux jours, il avait perdu la mairie et la seule femme qu'il ait jamais aimée.

— Tu sais, ce n'est pas la fin du monde, dit Alana pour le réconforter. Tu auras d'autres victoires.

— Mais nos projets ? Ce vote était crucial pour nous tous.

Alex secoua la tête.

— Ne t'inquiète pas. Bien sûr, avoir l'appui du maire nous aurait facilité la vie, mais finalement on n'a jamais eu besoin de ça pour réussir.

Rafael l'entendit à peine. Il regardait la télé où les résultats des différents quartiers s'affichaient les uns après les autres. Le visage de Jessica apparut avec un bandeau en bas de l'écran la désignant d'ores et déjà comme le maire de Las Vegas. Son cœur se serra douloureusement à sa vue. Elle lui manquait. Ces derniers jours sans elle avaient été plus difficiles à vivre qu'il ne l'avait prévu. Et même si cette soirée n'avait pas pris la tournure espérée, il était sincèrement heureux pour elle et fier de sa réussite.

— Est-ce que quelqu'un peut couper cette fichue télé ? lança Brett à l'adresse de l'un des membres de leur équipe.

Rafael leva la main.

— Non. Elle a gagné à la loyale et je m'incline devant sa victoire.

— Je crois que c'est le moment de prononcer ton discours, mon vieux, dit Alex.

Rafael acquiesça et passa derrière le pupitre où il avait pensé célébrer son triomphe.

— Bonsoir, dit-il, attirant vers lui l'attention de ses partisans. J'avais imaginé une tout autre conclusion à cette soirée et une tout autre ambiance. Mais dans la vie, tout ne se passe pas toujours comme on l'avait prévu. Ceci étant, l'histoire n'est pas terminée. Je ne serai pas votre maire, mais j'aime passionnément cette ville, je lui dois tout, et si cette campagne m'a appris quelque chose, c'est qu'il est important de rendre ce qu'on vous a donné. Je vais donc travailler et me servir de mes connaissances dans le milieu de l'entreprise pour aider la population de Las Vegas. Soyez certains que vous n'avez pas fini d'entendre parler de moi !

Il sourit sans aucune amertume.

— Que puis-je dire d'autre ? J'ai mené une campagne rude et difficile, tout comme Jessica Morgan. Et les habitants de Las Vegas ont décidé que c'était elle qu'ils voulaient pour maire. Je sais que Mlle Morgan mettra toute sa passion dans sa mission. Elle est le leader que Las Vegas mérite. Pour ma part, je veux remercier tous ceux qui ont cru en moi et m'ont soutenu : ma famille, mes amis et mes nombreux supporters. Je ne serais pas ici sans vous. Merci du fond du cœur et bonne nuit à tous.

Il tourna les talons sans attendre les questions des journalistes. Il n'avait pas le temps, il devait se rendre à une autre soirée.

*
* *

Jessica se réfugia à l'écart pour reprendre ses esprits. Elle ne parvenait pas à croire qu'après ces semaines harassantes et l'énorme scandale qui avaient entaché la fin de sa campagne, elle venait de remporter les élections. Il lui faudrait analyser ce qui s'était passé et comment s'était effectué le report des votes, mais pas maintenant. Elle aurait dû savourer sa victoire mais son cerveau était toujours en mode travail.

— Rafael vient de reconnaître sa défaite, annonça Ben en la rejoignant.

— Déjà ?

Les résultats étaient serrés, il aurait été en droit de demander un décompte des voix. Elle s'était attendue à une bataille longue et épuisante avant qu'il rende les armes.

— Félicitations, madame le maire.

Elle eut un coup au cœur en reconnaissant la voix familière derrière elle. Rafael ! Elle se retourna.

— Qu'est-ce que tu fais ici ? Tu n'es pas à ta soirée ?

Il haussa les épaules avec humour.

— Il y a beaucoup plus d'ambiance ici.

— Pourquoi es-tu venu ?

— Pour te féliciter. Tu as porté un message qui a parlé à la communauté et je me suis rendu compte que mes propres motivations n'étaient peut-être pas complètement vertueuses. Que dire d'autre ? Le meilleur des deux candidats a gagné.

— Tout a fait d'accord, répondit-elle avec un sourire insolent.

— Et je suis venu voir si tu me détestais toujours.

Elle secoua la tête.

— Je ne t'ai jamais détesté. Je me suis sentie trahie, ridicule d'avoir été démasquée. Et j'ai reporté ma frustration sur toi. Mais je ne t'ai jamais détesté.

Il jeta un coup d'œil autour de lui et s'aperçut qu'on les regardait.

— On ne peut pas aller dans un endroit plus tranquille ?

— Si, bien sûr.

Elle l'emmena dans un petit couloir et ferma la porte derrière eux, les isolant du reste du monde. Elle le dévisagea, attendant avec un peu d'appréhension ce qu'il allait dire.

— Je suis désolé. Je te jure que je ne savais pas que nous étions filmés. C'est Tanya Roberts qui a tout manigancé. J'aurais dû me douter que sa présence au club pendant la nuit des masques annonçait un gros problème.

— Je sais que ce n'était pas ta faute. Alana m'a téléphoné pour tout m'expliquer.

Elle fronça les sourcils.

— Je regrette de t'avoir accusé alors que tu étais blessé et sali autant que moi.

Il hocha la tête.

— Je suis sincèrement navré de ne pas avoir su te protéger.

— N'en parlons plus.

Elle lui décocha un clin d'œil malicieux.

— Qu'est-ce que tu vas devenir maintenant ? Tu as des projets pour ta retraite ?

— Ce n'est pas bien de se moquer d'un homme

à terre, dit-il avant d'éclater de rire. Non, je n'ai pas de projets. Je pensais vraiment que j'allais gagner.

Il haussa les épaules.

— Mais j'ai suffisamment de travail avec The Brotherhood pour remplir mes journées jusqu'à ce que je décide si je me lance ou non dans la course au Sénat. Mais d'abord, je vais m'accorder un peu de repos. Me détendre. Un ami m'a dit récemment que je travaillais beaucoup trop et que j'oubliais de vivre.

Jessica ne savait pas quoi répondre. Elle l'avait chassé de chez elle, elle avait lancé les pires accusations contre lui. Elle s'était montrée très injuste avec lui mais après la façon dont leur relation avait débuté, c'était sans doute inévitable.

— Je crois qu'il a raison, poursuivit-il avec un sourire. Je vais essayer d'apprendre à sortir pour le plaisir et pas uniquement pour le boulot.

— Vraiment ?

Elle n'aimait pas l'idée qu'il voie d'autres femmes.

— Et donc… Tu serais d'accord pour qu'on aille dîner au restaurant tous les deux ?

Elle cilla.

— Tu veux sortir avec moi ?

— Eh bien, je me suis rendu compte que nous n'étions jamais sortis ensemble. Faisons les choses dans l'ordre, cette fois.

— Tu sais que ce ne sera pas facile. Nous avons tous les deux un caractère entier. Nous allons devoir faire des efforts pour parvenir à des compromis.

— Le travail ne me fait pas peur. Je suis même prêt à faire des heures supplémentaires. Pas toi ?

— Si.

Il se rapprocha, si près qu'elle sentit son souffle sur son visage.

— Tu m'as manqué, chuchota-t-il en posant ses mains sur le mur, de chaque côté de sa tête.

— Tu m'as manqué aussi.

— On a combien de temps avant que les gens commencent à te chercher ?

— Je dirais… Deux minutes ?

Il s'esclaffa. Son rire aussi lui avait manqué. Elle ferma les yeux pour mieux le savourer.

— Je saurai m'en contenter… pour l'instant. Mais à titre compensatoire, je veux que tu me réserves deux heures dans la nuit.

— Oh. Déjà des exigences ?

— Oui, murmura-t-il en lui mordillant l'oreille. Jessica, j'étais sincère quand je t'ai dit que je t'aimais. Tu es volontaire, sexy, généreuse, tu sais me tenir tête et je n'ai jamais désiré aucune femme autant que toi.

— Je t'aime aussi, Raf.

Les mots étaient sortis tous seuls. Jessica n'avait jamais imaginé les dire un jour, surtout pas à cet homme. Elle retint un cri quand il lui saisit la taille et la plaqua contre lui. Elle sentit son sexe dur contre son ventre et se rendit compte que, malgré la soirée qui se déroulait juste derrière la porte, elle avait envie de lui. Maintenant.

Elle dégrafa sa ceinture et fit descendre son

pantalon. Glissant la main à l'intérieur de son boxer, elle sortit son sexe bandé. Il gémit tout en tâtonnant pour sortir son portefeuille. Dieu merci, il avait un préservatif ! Elle n'aurait pas pu attendre d'être à la maison. Il déroula le latex sur son sexe bandé, lui souleva une jambe et entra en elle d'une seule poussée qui lui coupa le souffle.

Il respirait vite et elle entendait son cœur cogner aussi fort que le sien. Elle avait eu des partenaires dans sa vie mais aucun n'arrivait à la cheville de Rafael. Il commença à aller et venir en elle et elle s'agrippa à ses épaules pour ne pas tomber. Fermant les yeux, elle se mordit les lèvres pour retenir ses cris pendant qu'il accélérait le rythme, l'emmenant toujours plus haut, jusqu'à ce qu'un ultime coup de reins la propulse dans les étoiles. Elle cria, oubliant les invités qui se trouvaient à quelques mètres d'eux. Elle sentait son propre corps se contracter autour de Rafael, et il cria à son tour, emporté par le plaisir.

Ils reprirent tous les deux leur souffle.

— Madame le maire ? appela quelqu'un. C'est l'heure de prononcer votre discours.

Rafael se dégagea lentement et ils se rajustèrent en souriant.

— Vas-y, dit-il. Tes électeurs t'attendent.

Au lieu de partir, elle prit son visage entre ses mains et l'embrassa avec toute son âme, tout son amour. Il la saisit par la taille et lui rendit ses baisers avec la même passion avant de reculer.

— Je t'aime, chuchota-t-elle.

— Je t'aime aussi, souffla-t-il tout contre ses

lèvres. Mais sauve-toi. C'est ta soirée. Tu as mérité ta victoire. Je t'attends.

Elle le dévisagea, hésitant toujours à s'éloigner. Mais les applaudissements impatients de la foule étaient impossibles à ignorer. Elle sourit.

— Ne t'avise pas de partir !

— Je ne vais nulle part sans toi.

Elle entra dans la salle pour s'adresser à ses partisans. Ces minutes étaient extraordinaires à vivre, pourtant elle tourna la tête en montant sur la scène et regarda l'homme qu'elle aimait prendre place au fond de l'assistance. Il la regardait rayonner sous la lumière des projecteurs et elle sut qu'il serait toujours là pour elle.

Elle prit place derrière le pupitre.

— Mesdames, messieurs, vous n'imaginez pas à quel point c'est incroyable et magnifique pour moi d'être le nouveau maire de Las Vegas.

La foule l'acclama.

— Mais je n'ai pas fait ce chemin toute seule. Beaucoup de gens m'ont soutenue dans cette incroyable aventure. Merci d'avoir cru en moi. En dépit de tout ce qui s'est passé, je n'ai pas perdu le soutien des habitants de cette ville. Sachez que je serai toujours là pour me battre pour vous. Je n'oublierai jamais à qui je dois ma victoire. Merci à vous tous. Merci !

Elle descendit de scène et rejoignit Rafael.

— Allons-nous en, je meurs de faim.

Il regarda autour de lui.

— Je suis sûr qu'il y a quelque part un type avec un plateau de toasts.

— Non. Il y a une brasserie ouverte vingt-quatre heures sur vingt-quatre pas très loin d'ici. Ne t'imagine pas que j'ai oublié cette fameuse nuit à San Francisco. Tu me dois toujours un petit déjeuner nocturne.

Il sourit. Elle voulait un nouveau départ. Une remise à plat de leur relation. Il lui offrit son bras et elle y posa sa main.

— Et toi, ne t'imagine pas que je vais t'obéir au doigt et à l'œil sous prétexte que tu as gagné les élections.

Elle éclata de rire.

— Je ne me fais aucune illusion à ce sujet. Allons-y.

Composé et édité par HarperCollins France.

Achevé d'imprimer en mars 2019.

BLACK PRINT

Barcelone

Dépôt légal : avril 2019.

MIXTE
Papier issu de sources responsables
FSC® C108412

Pour limiter l'empreinte environnementale de ses livres, HarperCollins France s'engage à n'utiliser que du papier fabriqué à partir de bois provenant de forêts gérées durablement et de manière responsable.

Imprimé en Espagne.